新たなる平安文学研究

藤原克己 監修
高木和子 編

青簡舎

新たなる平安文学研究のために

藤原克己

このささやかな論文集は、私が昨年（二〇一八年）東京大学を定年退職するまでの最後の数年間、文学部国文学研究室において、高木和子教授と共に指導にあたっていた若き平安文学研究者たちの論文を集めたものである。個々の論文の要点を紹介し、研究史上の意義に関する私見をも併せ述べて、読者諸賢の御高覧を請いたいと思う。

第Ⅰ部「漢詩文と和歌」の最初の論文、廖栄発「菅原道真「寒早十首」と白居易・劉禹錫・元稹の流謫文学」は、道真自身としては左遷を託《かこ》っていたその讃岐守時代の詩に、さまざまな生業を営む民衆の生活苦を歌った諷諭詩的連作「寒早十首」も含めて、白居易のみならず元稹や劉禹錫の不遇時代の詩の受容が認められることを指摘したものである。『江談抄』巻五には「菅家の御作は元稹の詩体也」（原漢文）という匡房の語が記され、道真の詩と元稹の詩の類似例を示した藤原実兼と匡房の会話も録されている。しかし、道真詩における白詩受容についてはすでに多くの研究が蓄積されているけれども、元・劉詩の受容に関する先行研究は未だ極めて乏しい。その意味でも、廖氏のこの論文の意義は評価されようが、論文の劈頭で氏が、『源氏物語』須磨巻における白詩句「酔《ゑ》ひの悲しび涙灑《そそ》く春の盃《さかづき》の裏《うち》」の引用にふれ、もし菅原道真ら「前代の文人たちの、元白の流謫文学に対する咀嚼と受容がなければ、紫式部のこうした創作も不可能だっただろう」と述べていることにも、私は大いに共鳴するものである。この点に関する私自身の見解は、拙著『菅原道真と平安朝漢文学』（東京大学出版会、二〇〇一年）所収「日本文学史における『白氏文集』と『源氏物語』」をご参看いただければ幸いであるが、ただ私自身は元稹・劉禹錫の詩はほとんど読んでいない。しかし『源氏物語』葵巻には「雨となり雲とやなりにけむ、今は知らず」という劉禹錫「有所嗟」詩の引用もある。平安朝文学における元劉白らの唱和詩の受容には、なお解明すべき点が多いのではないだろうか。

次の宋晗「吟詠される詩序――その表現と効果」は、作文会の詩序はいったいどのように享受・鑑賞されていたのかを考究した論である。詩序には難解な句が多い。詩序の構成や修辞が、句題詩の題目・破題・本文・述懐に擬して定型化されていったことについては佐藤道生氏の周到な研究があり、宋氏も佐藤氏の所説に依って具体的に詩序の分析を行っているが、宋氏の論の主眼はあくまでも、詩序の美とは何か、それはどのように鑑賞されていたのかという点にある。また、廖氏の論が『源氏物語』における白詩の引用から説き起こされていたように、宋氏も、藤原斉信による大江朝綱の詩序中の佳句の吟詠が素晴らしかったことを清少納言が一条天皇に語った話（『枕草子』）から説き起こしている。詩序中の、とくに隔句対佳句が訓読によって吟詠されたことは（詩序から『和漢朗詠集』等に摘句された佳句も、圧倒的に隔句対が多い）、やはり平安朝漢文学というジャンルと時代を越えた、日本文章史上の重要な問題と言えよう。

第Ⅰ部の最後に収められたのは、田中智子氏の「『古今和歌六帖』第四帖《恋》から『源氏物語』へ――〈面影〉項を中心に」。『古今和歌六帖』の第四帖の《恋》の部には「恋・片恋・夢・面影」等の一〇項目が立てられ、第五帖の《雑思》の部には「知らぬ人・言ひ始む・年経て言ふ・初めて逢へる」等の六四項目が立てられている。この《恋》の部と《雑思》の部とがどういう関係にあるのかということについては、従来も議論されてきたところであるが、田中氏は、第五帖の《雑思》の諸項目は恋の様々な「段階・状況・局面」に関わるものであるのに対して、第四帖の《恋》の諸項目は、恋の「情念や感情をかたどる重要な歌ことば」によるものだとした上で、平安朝における「面影」の用例数が『古今和歌六帖』と『源氏物語』に突出して多いことから、後者が前者に触発された可能性を具体的な表現分析を通して指摘している。もちろん、後者には物語ならではの表現が認められることもおさえられている。田中氏によれば、『古今和歌六帖』に取られた『古今集』の伊勢の歌「夢にても見ゆとは見えじ朝な朝な我が面影に恥づる身なれば」（『古今集』では初句「夢にだに」）は、「自身の容色を「面影」と称する極めて特異な詠歌」ということであるが、この伊勢の歌が『源氏物語』総角巻の大君の言葉に引歌されていることをも考え合わせると、私には田中氏の論は大いに首肯されるように思われるのである。

第Ⅱ部「源氏物語」の最初に置かれたのは、山口一樹「朧月夜の出仕と尚侍就任」。山口氏にはすでに「玉鬘の尚侍出仕における「公」」（『国語と国文学』二〇一八年五月号）という論文があり、尚侍に関する先行研究を丹念に検討して、「『源氏物語』は、現実の尚侍の名誉職化が進み、実務的な役割をほぼ失った段階で成立したものと考えられる」とした上で、『源氏物語』は、尚侍の当代的性格すなわち后妃的性格と、その前代的性格すなわち公職的性格との両面を巧妙に使い分けつつ物語の展開に活かしていることを明快に論じた。本論文では、朧月夜の尚侍には史上の先例よりも『うつほ』の俊蔭女のそれに近似する面があり、しかも朱雀帝と光源氏の愛情の板挟みに悩んだり、源氏との過往の関係を見つめ直したりと、朧月夜には俊蔭女よりもはるかに複雑な心情の陰翳が与えられていると論ずる。

北原圭一郎「兵部卿宮と光源氏――賢木巻を中心に」は、紫の上の父であり藤壺の兄でもある兵部卿宮と光源氏との対立関係について、従来、光源氏が政界に復帰した澪標巻以降がもっぱら問題とされてきたが、賢木巻の一見親和的な両者の間柄の中にもすでに緊張が孕まれていたことを論ずる。すなわち、藤壺の同母兄としての兵部卿宮の存在が大きくせり出していることに、東宮（冷泉帝）後見としての源氏の地位を揺るがしかねない危険が暗示されている、というのである。賢木巻で桐壺院が崩御したのを機に、源氏の不遇逆境時代が訪れ、世人の多くが彼から離反してゆくなかで、兵部卿宮は「常に（源氏のもとに）わたりたまひつつ、……今めかしき御あはひどもなり」と語られていた。それが須磨巻にはいると、「世の聞こえをわづらはしがりて、おとづれきこえたまはず」ということになり、宮のこの変節を源氏は後々「憂きものにおぼしおきて、昔のやうに」親しく交際することはなくなったという（澪標）。源氏の不遇逆境時代を通して、「世になびかぬ」（須磨）者と「世にしたがふ」（関屋）者とが描き分けられてゆくなかで、兵部卿宮に後者の役割が振られたのも、根本のところには北原氏の論ずるような事情を想定してよいのではないだろうか。

井内健太「不義の子薫の背負うもの」は、その両親柏木と女三の宮の不義が、薫の人生において、いかなる意味を持っていたのかを考察したものである。冷泉帝の場合と異なり、薫においては、出生の秘密を知ったことが何らかの現実的な行動につながるわけではなく、ただ、両親の不義を知るゆえに、男女の仲の意をも含めた「世」を厭う心を抱いてその生を歩み始めたことで、かえって「世」を厭い離れることのむつかしさを誰よりも思い知らされるという、独自の深みのある人生を生きることになった、そのような薫の生の在り方を浮かび上がらせた論となっている。

第Ⅱ部最後の林悠子「サイデンステッカー訳『源氏物語』正篇の〈涙〉」は、ウェイリーよりも原文に忠実な英訳をめざしたサイデンステッカーであるが、ただ彼が、物語の原文にはあまりにも涙が多く、それをすべてそのまま訳すと、英語圏の読者にはばかげた印象を与えかねないので、多少削除した、と述べていることに注意し、実際どのような処理を施して涙を削ったのかを調査したものである。「涙」「泣く」「しほたる」「袖をぬらす」といった表現だけでなく、「露」「虫の音」などが涙の比喩表現となっている場合も含めると、正篇には五八六例の〈涙〉が認められ、そのうちの八四例が「削られた」と認定できるとして、さらにその削除の際の処理の仕方、また削除の理由などを考察したたいへんな労作である。

第Ⅲ部「記録と日記」には、アントナン・フェレ「王朝記録文化の独自性と「日記」」、高木和子「更級日記における長編物語的構造」の二篇を収める。前者のフェレ氏は、平安朝仮名日記を世界的に見て極めて早い自伝文学とみなし、その誕生を平安朝独自の記録文化の中で捉えようとする壮大な構想のもとに研究を進めている。中国にならって国史を編纂していた古代日本においても、さまざまな記録行為は国史編纂と結びついていたのだが、六国史が終焉する九世紀末から十世紀初頭にかけて、次第に国史編纂から独立した日録の営為が、宇多天皇の『寛平御記』を最も注目すべき先駆として、貴族社会に普及し始める。本論文は、その経緯を詳しく説述するとともに、「日記」という呼称も日本では、中国におけるその確実な用例の見られる宋代より三百年も前から用いられており、王朝記録文化の独自性を象徴する語と言ってよいものだ、と論じている。

高木氏の論は、『更級日記』は作者が自己の人生をありのままに記そうとしたものではなく、『源氏物語』や『伊勢物語』等のさまざまな型を取り込んで再構築したものである可能性が高いということを、日記の叙述の犀利な分析を通して論じたものである。

＊　＊

以上、この論文集を構成する個々の論文を簡単に紹介してきたが、いずれの論文も、先行研究を丹念にふまえつつ、けっして奇を衒うことなく、穏当な新見を提示しようとしているものであることを、最後に言い添えておきたい。もとよりそれは、誠実な研究者なら誰でも行っていることであって、いったいどこが「新たなる平安文学研究」なのかと思う人もあるかもしれない。しかしながら、達成度の差はあるにしても、この論文集の執筆者たちは、それぞれに新たな研究の視界を拓こうと努めている。ご批正をいただければ幸いである。

新たなる平安文学研究　目次

I

漢詩文と和歌

菅原道真「寒早十首」と白居易・劉禹錫・元稹の流謫文学

廖　栄発

『源氏物語』須磨巻において、白居易の「酔ひの悲しび涙灑《そそ》く春の盃の裏《うち》」の引用によって、中央政権から疎外された者同士の不遇沈淪が描き出されていることが印象深い。[1] この詩句は、江州司馬の謫居を終えた白居易が、通州司馬の謫居を終えた元稹と異郷で四年ぶりに偶然再会し、再び別れ別れになる時に詠じたものである。白居易のみならず元稹の流謫も、紫式部の視野に入っていたと推察できようが、もし前代の文人たちの、元白の流謫文学に対する咀嚼と受容がなければ、紫式部のこうした創作も不可能だっただろう。

ところで、日本文学における白居易の流謫文学の影響に関する研究は実に多いが、元稹のそれに関する研究は意外と少ない。本稿では、菅原道真の讃岐守時代の詩作を取り上げ、元稹らの流謫文学の影響を検討してみたい。因みに、須磨巻において、謫居中の光源氏が口ずさむ「恩賜の御衣は今此に在り」という道真の詩句は、大宰府左遷時代のものであるが、本稿が検討するこの讃岐守時代も、道真にとっては左遷同然の時期であった。

道真の詩文集『菅家文草』巻三には、道真が讃岐守に在任中に制作した一連の諷諭詩的な作品が収められている。これらの作品を検討する際に、白居易の諷諭詩との影響関係に目を向けるのが、一般的な傾向と言えよう。ところが、近年、道真が讃岐守の任期中に一時帰京した際の船旅の見聞を題材にした「舟行五事」(236)[2]という諷諭詩的な作品に見える『荘子』からの影響を、白居易の「江州左遷旅中詩」のそれと比較する研究が行われている。[3]それらの論の焦点は『荘子』の位置づけの検討にあるが、道真は諷諭詩的な作品を制作した際に、白居易の諷諭詩だけではなく、その流謫文学(感傷詩や閑適詩)をも意識していたことが示されている。本稿では、これを念頭に置き、「寒早十首」の性格を考え直したい。「寒早十首」は、道真が讃岐に着任した仁和二年(八八六)、寒さの訪れに苦しむ貧民たちの姿を描く連作である。この連作は、従来白居易の諷諭詩のような作品として扱われてきたが、その表現には白居易の閑適詩を換骨奪胎している箇所が存在することは、近年も谷口孝介氏[4]によって指摘されている。この意味で、「寒早十首」は重層的に捉える必要が生じてくる。本稿では、「寒早十首」が創出された前後の道真の心境と、「寒早十首」が採用している特殊な詩型という二点に、焦点を絞って考察を行う。

一　「寒早十首」創出前後の道真の心境
——劉白の不遇逆境時代の文学の投影

『菅家文草』の詩作は、ほぼ詠作の時間順の配列となっている。「寒早十首」（200–209）の前後に配列されている詩作には、「始見㆓二毛㆒」（194）と「同㆓諸小児㆒旅館庚申夜、賦㆓静室寒灯明之詩㆒」（211）がある。この二作を通して、讃岐に着任した仁和二年の道真は、白居易と劉禹錫の不遇逆境時代の文学には確実に関心を寄せていたことが分かる。

まず、「寒早十首」の前に配列されている「始見㆓二毛㆒」から述べたい。この七言絶句の結句は「為是愁多臥海壖（是れ愁へ多くして海壖《かいぜん》に臥するがためなり）」となっており、道真の不遇感が吐露されている。傍点の「海壖」は、讃岐を指している。「壖」は、空き地の意。『類聚名義抄』は「壖」を「河辺地也。宮外垣也。ホトリ。アラカキ」と解釈しており、「海壖」は海沿いの地域を指すことになる。すでに指摘されているように[5]、この「海壖」の表現は、白居易の「寄㆓行簡㆒」（『白氏文集』巻十・0507）[6]に由来するものである。白居易は江州司馬に左遷され、孤独のあまり東川にいる弟白行簡《はくこうかん》にこの感傷詩を宛てた。この詩において、白居易は「今春我南謫、抱㆓疾江海壖㆒」と詠じ、貶謫地の江州を「江海壖」と表現している。讃岐守転任の道真は、まさに白居易のこの「江海壖」の表現を意識して、自らの任地讃岐を「海壖」と規定し、己の不遇感を江州に貶謫された白居易のイメージに重ね合わせようとしているのである。

次には、「寒早十首」の後に配列されている「同二諸小児一旅館庚申夜、賦二静室寒灯明之詩一」という七言律詩を検討したい。これは、仁和二年の冬、干支が庚申に当たる日の夜に、道真がその子供と一緒に、当時の習俗に従い、いわゆる「守庚申」を行った際に作った詩である。「守庚申」は、中国の道教に由来する信仰であるが、その夜に眠ると、身体の中にいる三尸《さんし》が罪を上帝に告げるとされていたため、当時寝ずに夜を明かす習俗があった。詩の首聯「旅人毎夜守三尸／況対寒灯不臥時（旅人は夜毎《よごと》に三尸を守る／況んや　寒灯に対ひて臥せざる時をや）」においては、讃岐守の道真は「旅人」と自称し、讃岐に来てから、毎晩まるで三尸を守るが如く眠らない状態が続いていることを述べて、まして庚申の日にあたる今夜に、寒々とした灯火に向かい合っては、なおさら寝ることはない、と告白している。

実際、従来指摘されていないが、詩題に見られる「静室寒灯明」という賦題は、これから述べる劉禹錫の長詩「始至雲安、寄兵部韓侍郎・中書白舎人、二公近曾遠守、故有属焉（始めて雲安に至り、兵部韓侍郎・中書白舎人に寄す。二公近曾《ちかごろ》遠守たり、故に属すること有り）」の⑳句をそのまま採ったものである。

劉は白居易と同じ年（七七二）の生まれだが、いわゆる「永貞（八〇五年）の革新」に参加し、失敗した後、朗州司馬に左遷され、十年後に連州刺史に転任した。その後、罪を解かれ、長慶元年（八二一）に、夔州《きしゅう》刺史に任命された。夔州（今の四川省奉節県）に着任した翌長慶二年の春に、劉はこの詩を作り、兵部侍郎の韓愈と中書舎人の白居易に送った。韓と白は現職につく前に、それぞれ袁州刺史と忠州刺史の地方官経験があり、不遇をかこっていた。こうしたことから、長い間不遇に苦しむ夔州刺史の劉禹錫は、二人の旧友に抜擢の援助を期待して、この詩を寄せたのである。以下、劉詩の原文を掲げたい。

①天外巴子国　天外　巴子の国
山頭白帝城　山頭　白帝の城
波清蜀村尽　波清らかにして　蜀村尽《つ》き
雲散楚台傾　雲散じて　楚台傾く
⑤迅瀬下哮吼　迅瀬　下に哮吼し
両岸勢争衡　両岸　勢を争衡す
陰風鬼神過　陰風　鬼神過ぎ
暴雨蛟龍生　暴雨　蛟龍生ず
⑨硤断見孤邑　硤断じて孤邑見《あらは》れ
江流照飛甍　江流れて飛甍を照らす
蛮軍撃厳鼓　蛮軍は　厳鼓を撃ち

笮馬引双旋　笮馬は　双旋を引く
⑬望闕遥拝舞　闕を望みて　遥かに拝舞し
分庭備将迎　庭を分《わか》ちて　将迎を備ふ
銅符一以合　銅符を一たび以て合《あは》すれば
文墨紛来縈　文墨は紛として来り縈《まと》ふ
⑰暮色四山起　暮色　四山より起り
愁猿数処声　愁猿　数処に声す
重関群吏散　重関　群吏　散じ
静室寒灯明　静室　寒灯　明かなり
㉑故人青霞意　故人は青霞の意なり
飛舞集蓬瀛　飛舞して蓬瀛に集《つど》ふ
昔曾在池籞　昔　曾て池籞に在り
応知魚鳥情　応に魚鳥の情を知るべし

〔試訳〕①世界の果てにあるとも言えるこの巴子の地域に来たが、その山の頂上にかの白帝城が高く聳えている。この辺りの長江の波はとても清らかであるが、村落などはもう見いだせない。楚の襄王と女神が巡り会ったかの台も、雲が散ずればその傾いた姿が見える。

⑤早瀬は下のほうで咆哮していくが、江の両岸はまるで天下の権力を争っているかのように険しい。風は吹くたびに、まるで鬼神が通り過ぎたようで寒くてぞっとさせるが、雨は降るたびに、まるで蛟龍が出現するように荒々しいものだ。⑨両岸の狭い渓谷をやっと抜け出したところ、ぽつんと立っている町（任地の夔州）が目の前に立ち現れ、江水にはその高いのきが照り映えている。（刺史の私を迎えるために）蛮族で構成された軍隊はつづけざまに鼓を打っており、現地の馬は刺史の儀仗としての二枚の旌旗を引いている。⑬天子の宮殿の方向を望みながら遥かに拝謝し、（私と前任者が）役所の庭の東西にそれぞれ立ち、送迎の儀式を執り行う。割り符が合致して刺史交替の手続きが済んだとたん、仕事（公務）がごたごたと舞い込んできた。⑰やがて夕闇が四方の山々に立ち籠めてきたが、猿もあちこちに愁わしげに声を出している。役所の厚い門が閉じられ、役人たちは四方に分かれて帰ってしまったが、私の静かな部屋には寒々とした灯火が燃え立っている。㉑君達旧友は高潔な志を持って、今宮中に集まって天子に仕えている。私もかつて禁苑にいたことがあり、君達も当時の私の高潔な志を分かってくれるだろう。

詩の本文は、瞿蛻園氏の『劉禹錫集箋証』によるが、④句の瞿氏が「荒台」としたところは、卞孝萱氏の「楚台」の校訂案に従う[7]。試訳は、柴格朗氏[8]の訳注を参考した。

①〜⑧句は、任地へ赴く途上の描写だと思わる。⑨〜⑯句は、到着後のことを述べている。

⑰～㉔句は、一日の公務が終った後の気持ち、そして韓愈と白居易に抜擢の援助を期待する願望を述べるものである。道真は、傍線の⑳句を採って賦題としたのである。日中は公務に振り回されていたが、夜が来て、一旦ほかの役人たちがみな帰ると、劉禹錫に訪れたのは、どうしても払拭できない孤独感だった。劉禹錫は静かな部屋に寒々として燃え立つ灯火に向かい合っている。同様の不遇をかこっている道真は、辺鄙な地に転任させられ、新任の地に馴染めない劉禹錫の孤独感を想起して、「静室寒灯明」という句を採って賦題としたのだろう。

因みに、「重関群吏散／静室寒灯明」という対句は、道真の諷諭詩的な作品「行春詞」(219)の結びに近い部分の描写「駅亭楼上三通鼓／公館窓中一点灯／人散閑居悲易レ触／夜深独臥涙難レ勝」を想起させよう。日中は役人たちに囲まれている国守、夜は孤独や不遇に苦しむ詩人である道真像が描かれている。実際、「行春詞」のこの部分の表現は、白居易の「司馬庁独宿」(巻十・0521)という感傷詩の頸聯「数声城上漏／一点窓間燭」にも非常に類似している。このように、「行春詞」という諷諭詩的な作品においても、道真は白居易の左遷時代の感傷詩の表現を取り入れ、己の悲しみや不遇を作品に織り込んだのである。これは道真の諷諭詩的な作品の特徴だと言えようが、このことについては、また別稿に譲りたい。

以上、讃州刺史の道真が、江州司馬の白居易の「江海壖」の表現を意識して自らの任地讃岐を「海壖」と規定したことや、夔州刺史の劉禹錫の孤独な心境を表す「静室寒灯明」一句を採って賦題としたことを通して、道真が讃岐に着任した当初、白居易や劉禹錫の不遇逆境時代の文学に関心を寄せていたことを確認できた。ところで、道真が劉白の不遇逆境時代の文学に注目した以上、白居易にとって生涯唯一無二の親友・元稹のそれに注目するのも自然であろう。道真はまさに元稹の流謫文学に注目し、それに共感して「寒早十首」を制作したのではないかと筆者は考えている。

二　「寒早十首」と元白劉の「春深二十首」唱和詩群

「寒早十首」の形式は、平安朝詩史においては、類を見ない特異なものである。その特徴を示すために、最初の二首を白文のまま引用してみる。

①何人寒気早、寒早走還人。案戸無新口、尋名占旧身。
地毛郷土瘠、天骨去来貧。不以慈悲繋、浮逃定可頻。
②何人寒気早、寒早浪来人。欲避逋租客、還為招責身。
鹿裘三尺弊、蝸舎一間貧。負子兼提婦、行行乞丐頻。

首聯はいずれも「何人寒気早／寒早○○人」となっている。しかも題の下に「同用㆓人身貧頻四字㆒」と道真の自注があるように、この十首の連作は、いずれも「人・身・貧・頻」を韻字として順次に用いており、いわば各詩は次韻詩のような関係をなしている。本稿では、こうした形式の連作を「次韻式連作」と呼ぶ。

「寒早十首」のこうした特殊な形式の由来について、従来ことに言及されてきたのは、元稹・劉禹錫・白居易三人が晩年に唱和した「春深二十首」詩群である。元稹の原詩「春深二十首」（或いは「深春二十首」と題す）は、今佚して伝わらないが、白居易と劉禹錫の唱和詩は残っている。その一部を白文のまま例示する（①②…は何首目かを示すもの）。

白居易「和春深二十首」〔大和三年（八二九）長安〕

①何処春深好、春深富貴家。馬為中路鳥、妓作後庭花。羅綺駆論隊、金銀用断車。眼前何所苦、唯苦日西斜。（巻五十六・2653）

②何処春深好、春深貧賤家。荒涼三径草、冷落四隣花。奴困帰傭力、妻愁出賃車。途窮平路険、挙足劇褒斜。（同2654）

劉禹錫「同楽天和微之深春二十首」（題注　同用家花車斜四字）

①何処深春好、春深万乗家。宮門皆映柳、輦路尽穿花。池色連天漢、城形象帝車。旌旗暖風裏、猟猟向西斜。

②何処深春好、春深阿母家。瑶池長不夜、珠樹正開花。橋峻通星渚、楼暄近日車。層城十二闕、相対玉梯斜。

「寒早十首」の「同用人身貧頻四字」の自注は、劉詩の「同用二家花車斜四字一」のそれを模倣しているだろう。そして、「寒早十首」の諷諭的な性格からみれば、白居易の「和春深二十首」の最初の二首に見られる「富貴家」と「貧賤家」との著しい対照は、その主題の規定に示唆を与えた可能性が考えられよう。

但し、白詩にしても劉詩にしても、藤原克己氏が「それは富貴の家、貧賤の家をはじめとして刺史・学士・女学士・隠士・漁父・妓女等々を詠んだ、一種物尽くし的遊戯的な性格のものである」(9)と指摘している。この「春深二十首」唱和詩群の制作背後にある遊戯的な性格は、白居易の「和二微之一詩二十三首」（巻五十二・2250）の序文からも確認できる。序文はやや長いため、その前半のみ引用する。

微之又た近作四十三首を以て寄せ来り、僕に命じ継ぎて和せしむ。其の間瘀絮四百字、車斜二十篇の者の流は、皆韻劇《はげ》しく詞殫《つ》き、瑰奇怪譎なり。又題して云ふ、「煩はし奉るは只此の一度なり。辞せられざらんことを乞《こ》ふ」と。意《おも》ふに覇を定め威を取り、僕を窮地に置かせんと欲するのみ。大凡次に依りて韻を用ふるに、韻同じくして意殊なり。体を約して文を為せば、文成りて理勝る。此れ足下素《もと》より長ぜる所の者なり。僕何か有らん。今、足下、果して長ぜる所を用ひて、窘《たしな》めらるるを蒙るを過ぐ。然れども敵すれば則ち気作《おこ》り、急すれば則ち計生ず。四十二章、麾掃並びに畢りぬ。知らず大敵如何《いかん》と以為《おも》ふかを。

ここで言及される元稹の「車斜二十篇」とは、今佚の「春深二十首」のことである。この「車斜二十篇」の次韻詩を求める元稹の要請に対して、白居易は次韻詩の難しさを認めた上で、元稹に対抗して次韻詩を作ったと述べており、両人が遊戯的に詩才の優劣を競っているのである。

ところが、こうした遊戯的な性格と「寒早十首」は、無縁である。では、道真はいったいなぜ、こうした遊戯的な性格を有する「春深二十首」唱和詩群の「次韻式連作」の形式を踏襲して、州民苦という諷諭詩的な主題の内容を詠出したのか。本稿では、道真が讃岐に着任した当初、別のきっかけでこうした「次韻式連作」の形式に注目して、それを「寒早十首」の詩型として採用するに至った可能性を考えてみたい。

三　元稹の通州流謫文学と道真の「寒早十首」
——「次韻式連作」という自唱自和の形式をめぐって

実は、前述した「春深二十首」唱和詩群のほか、「寒早十首」の形式の先蹤としては、元稹の「生春二十首」と「遺行十首」も言及されたことがある。また、元稹には「別李十一　五絶」という「次韻式連作」があり、これも「寒早十首」の先蹤に加えられるだろう。以下、これらの先蹤作品の一部を白文のまま例示する（①②⑨⑩…は何首目かを示すもの）[10]。

「遣行十首」〔元和十一年（八一六）秋、通州司馬、於興元〕

①惨切風雨夕、沈吟離別情。燕辞前日社、蛬是毎年声。（巻十五・369）
暗涙深相感、危心亦自驚。不如元不識、倶作路人行。

②十五年前事、恓惶無限情。病僮更借出、羸馬共馳声。
射葉楊纔破、聞弓雁已驚。小年辛苦学、求得苦辛行。（同370）

「生春二十首」（題注　丁酉歳作）〔元和十二年（八一七）春、通州司馬、於興元〕

⑨何処生春早、春生柳眼中。芽新纔綻日、茸短未含風。（巻十五・387）
緑誤眉心重、黄驚蝋涙融。碧条殊未合、愁緒已先叢。

⑩何処生春早、春生梅楥中。蕊排難犯雪、香乞擬来風。（同388）
隴迥羌声怨、江遥客思融。年年最相悩、縁未有諸叢。

「別李十一五絶」〔元和十三年（八一八）、通州司馬、於通州〕

①巴南分与親情別、不料与君牀並頭。為我遠来休悵望、折君災難是通州。（巻二十・589）

②京城毎与閑人別、猶自傷心与白頭。今日別君心更苦、別君縁是在通州。（同590）

これらの連作のうち、「生春二十首」は「寒早十首」の形式の先蹤として早くに指摘された[11]。両者の形式、特に両者各詩の起句「何人寒気早」「何処生春早」の類似を指摘するのは容易であるが、元稹のこの作がどのような状況下で作り上げられたのかについては、十分に意識されてきたとは言い難い。

先行研究(12)によれば、中国の詩史では、こうした十首もしくは二十首にのぼる「次韻式連作」の発明者はまさしく元稹である。但し、ほとんどの先行研究は、前節で述べた白居易の「和二微之一詩二十三首」の序文に注目し、元稹が韻律に精通するため「次韻式連作」を創出したとの見解である。しかし、それに筆者は賛同しない。私見によれば、こうした「次韻式連作」が創出された要因は、元稹の通州司馬左遷時代に探るべきである。

元稹は、大和五年(八三一)に五十三歳で急逝するが、その二年前に「春深二十首」が作られた。これに対して、現存の元稹のほかの三つの「次韻式連作」は、いずれも元稹が通州司馬に左遷された時期に詠じたもので、この点は従来の研究史では見過ごされてきたところである。しかも、晩年の「春深二十首」に見られる遊戯的な性格は、この通州司馬左遷時代の三つの連作には、まったく見られない。

(二)「遣行十首」

元稹は、元和五年(八一〇)三月に江陵(今湖北省荊州)士曹参軍に左遷される。元和九年、元稹は淮西の反乱の鎮圧戦争に参加する。武功をあげようとする直前の元和十年正月に、突如長安に召還される。元稹は再び起用されると期待したところ、同三月に通州(今四川省達州)

司馬に貶謫される。因みに、この元和十年の八月に白居易は江州司馬に左遷される。当時の通州は、江陵よりいっそう未発達なところであり、落胆した元稹は通州に至ってまもなく瘧癘を患ってしまう。通州の医療環境はあまりにも劣悪なため、元稹はやむを得ず興元（今陝西省漢中）に行って、同年十月から同十二年の五月にかけて治療を受ける。この通州謫居の一時期、特に興元で療養している間は、元稹と白居易らの文通は途絶えている。

こうした天涯の孤独のなか、興元で治療を受ける元稹のところに、李復礼という友人が訪れた。李復礼は、貶謫地に赴く途中に元稹を訪問したのであるが、早く謫居生活から脱却したい、というはかない希望を共に抱く友人の来訪が、間違いなく元稹の孤独を慰めたことであろう。しかし、友人の離れて行こうとする時、元稹の悲傷や孤独はより一層深いものになる。そのような感情はとうとう李復礼の離れる直前に爆発して、「遣行十首」が生み出された。

元稹は、友人との離別の前夜、胸にこもごも迫る万感をこの連作に詠い込んでいる。この十首は、いずれも「情」「声」「驚」「行」を順次に韻字として用いる五言律詩である。その中で、惜別の情や、二人の間の十五年以来の友情、自身の貶謫の情況、友人がこれから赴く謫地の辺鄙な情況など、さまざまな情が描かれている。例えば、前掲一首目の尾聯において、元稹は「元より識《し》らざるに如かず／倶に路人と作《な》りて行かむ」と、最初から関係のない人であれば、今のような悲しい離別もないだろうと、友人との離別を惜しんでいる。また、前掲二首目においては、元稹は、十五年前からの交際を回顧した上で、尾聯で「小《わか》き年に辛苦して学べども／求め得たり 苦辛して行くことを」と、少年時代の勉学と今の不遇とを対比しながら感懐を述べている。

そもそも次韻詩とは、唱和という前提ではじめて成立するものであるが、相手の詩の韻字をそのまま順次を変えずに用いることには、言うまでもなく高い詩才が要求される。つまり、相手と唱和する時に次韻詩というスタイルを選択すること自体は、詩才を誇示したり、互いに勝負したりすることを意味する。と同時に、友人同士の連帯感を強めることにもなる。元稹・白居易をはじめとして、次韻詩という唱和詩のスタイルは中唐以来大いに流行し、平安朝の文人たちもいち早く受容している。道真らは、渤海大使の裴頲《はいてい》とまで次韻詩の応酬を行っている。

このように見てくると、元稹のように単独で一気に十首にのぼる「次韻式連作」を作ることは、重要な意味を持つと思われる。元稹の孤独や不遇を託った「遺行十首」の場合で言えば、離別を目の前にして元稹は、今後いつ、友人と再会したり、（次韻詩を含む）唱和したりすることができるかまったく予測できない状況に置かれている。その時点で次々に湧き起る万感の思いを、彼は「次韻式連作」という特殊な詩型を創出することで、告白しているのではないだろうか。次韻詩を唱和してくれたり、自己の気持を理解・共有してくれたりする友人がいなくなる孤絶な状況に追い込まれる中、彼は自唱自和をするしかない。

（二）「生春二十首」

「遺行十首」と同じく、「生春二十首」も元稹の自唱自和の結果と見てよいだろう。元和十一年の秋、友人の李復礼が離れた後、冬季の療養を経て、翌十二年の春に、元稹の瘴癘はかなり回復してきたようである。万物が躍動を始める早春のなか、元稹は「生春二十首」を連作した。この二十首は、いずれも「中・風・融・叢」を韻字とし、「何処生春早／春生○○中」を首聯に置く五言律詩である。この連作は、元稹の最晩年の「春深二十首」と同じく、一種の物づくし的な性格を有するものの、この時点で元稹は白居易らに唱和詩を求めることを考えておらず、気晴らしで作った連作だと思われる。その内容を見れば、例えば前掲九首目の尾聯「碧条　殊に未だ合せず／愁緒　已に先《さき》んじて叢《むら》がる）」のように、流謫中の愁緒を吐露するものがある。或いは、前掲十首目「何れの処にか　春生ずること早き／春は生ず　梅桜の中／蕊は犯し難き雪を排し／香は来らんと擬《す》る風より乞ふ／隴　迥かなり　羌声　怨み／江　遥かなり　客思　融《とほ》る／年年最も相ひ悩みたり／未だ諸叢有らざるに縁《よ》る」のように、友人を偲ぶものもある。この作の頸聯（傍線）は、陸凱《りくがい》と范曄《はんよう》の交友の故事を踏まえている。陸凱は江南から長安にいる親友の范曄に、「折レ花逢二駅使一、寄与二隴頭人一。江南無レ所レ有、聊贈二一枝春一」という詩を付して一枝の花を寄せるのである（『太平御覧』巻十九「時序部四・春中」所引『荊集記』参照）。ここでは、恐らく元稹は己のことを隴頭にいる范曄に喩え、江州に謫居中の白居易のことを陸凱に喩えているのだろう。二人は互いの消息があまりつかめていないようである。従って、元稹は尾聯において、まだ諸叢がない、つまりかの一枝の花がまだ来ていないと言っている。いずれにせよ、「生春二十首」は、元稹ら晩年の「春深二十首」唱和詩群のような遊戯的な性格とは異なっている。

因みに、道真は讃岐守以前、宮廷詩宴に参加していた時に、「上番梅桜待二追歓一」（巻一・066「早春侍二宴仁寿殿一、同賦三春雪映二早梅一応制」）と詠じ、この詩の第二句の「梅桜」を詩語としてだけ摂取したことがあるが、讃岐守に転任してはじめてその形式をも踏襲して「寒早十首」を創出するようになった。

(三)「別李十一 五絶」

「別李十一 五絶」は、前述した「遣行十首」と同じく、惜別の情を基調としている。元和十三年の春、友人の李景信（排行は十一）は、兄李景倹の任地忠州より通州にいる元稹を訪ねる。李景信は、元和十年元稹が通州に赴く前に、白居易らとともに長安で元稹のための餞別をしていた人物である。この度の李景信の来訪は、「遣行十首」に描かれている李復礼の来訪と同じく、元稹の寂寥を慰める一方、その離別はまた同じく元稹の悲しみを増させた。離別に際して、元稹は「別李十一 五絶」という五首の絶句を連作し、自唱自和をしたのである。この五首の連作は、いずれも「頭・州」を韻字としており、ここでは、改めて一首目を掲げてみたい。

巴南分与親情別　　巴南に分かれて親情と別る
不料与君牀並頭　　料《はか》らざりき　君と牀に頭を並べんとは
為我遠来休悵望　　我が為に遠きより来たるに　悵望を休《や》め
折君災難是通州　　君の災難を折るは是れ通州

僻地で思わぬ再会をした元稹・李景信両人は、興奮のあまりに寝床で一晩語り合っていたと思われる（前半二句の意）。後半二句には、通州に来ることにより、君の災難も取り除かれるという発想が見られる。これはなぜだろうか。ここでは、元稹は「通州」の「通」を、掛詞的に用いている。動詞の「通」は物事が順調に行われる意味なので、「通州」という州名には、友人（自己もだろう）を現在の困難な境遇から救ってほしい、という元稹の願いが託されている。

こうした州名からの発想は、「寒早十首」の直前に作成される「近曽有自京城至州者、誦出一絶云、是越州巨刺史、秋夜夢菅讃州之詞也。予握筆而写。写竟興作、聊製一篇、以慰悲感（近曽《ちかごろ》京城より州に至れる者有り、一絶を誦出して云く、「是れ越州巨刺史、秋夜に菅讃州を夢みる詞なり」と。予《われ》筆を握りて写す。写し竟《をは》りて興作《な》りて、聊かに一篇を製して、以て悲感を慰む）」（198）という詩にも見られる。大系本は詩題の「出」を「書」に作るが、ここでは元禄刊本・林羅山手沢本・慶長写本などの『菅家文草』のそれに従う（両文字の草書体は紛らわしい）。都から来たある人は、絶句一首を朗誦して、道真はそれを書き留める。その絶句は、越州刺史巨勢《こせ》文雄の詩作で、道真を夢に見たことについての内容である。道真は感激して、この詩を詠じたのである。

北山南海隔皇城　　北山南海　皇城を隔てたり
煙水蒙籠夢裏情　　煙水蒙籠たり　夢裏の情
時節暗逢流涙気　　時節　暗に涙を流す気に逢ひ
州名自有断腸声　　州名　自らに腸を断つ声有り
莫因道遠称孤立　　道遠きに因りて孤立を称すること莫《なか》れ
嫌被人知会五更　　人に知らるるを嫌《きら》はば　五更に会へ
若使神交同面拝　　若し神《たましひ》をして交《まじは》りて同《とも》に面拝せしめば
不辞夜夜冒寒行　　夜夜　寒きを冒して行かむこと辞せず

友情をうたう詩作であるが、その悲しみの基調は右に述べた元稹の「別李十一五絶」の一首目と同じであろう。頸聯では、道真は巨勢文雄に対して、道が遠いことや人に知られることなどを顧みず、「五更」（現在の夜四時の前後二時間）つまり深夜に夢の中で密かに合おうと呼びかけている。上句の「莫因道遠称孤立」は、元稹作の「為我遠来休悵望」と発想が相似るところがあるだろう。そして、頷聯下句の「州名自有断腸声」は、大系注が指摘している通り、「讃州」の発音は「惨愁」のそれに通じており、腸を断つような響きを元から持っている、という意味である。もちろん、「惨秋」（当該作の制作時）なども「讃州」と音通になり、こうした州名を元にした発想や掛詞的な使い方も、また元稹作に共通している。単なる偶然とは考えにくく、やはり道真は元稹の流謫文学に注目する中で気づいたのだろう。

このように、元稹の通州司馬左遷時代の三つの「次韻式連作」を検討してみれば、元稹がこうした自唱自和の特殊な形式で、その不遇や孤独を表現していることが分かる。そして、強い孤独感や不遇感を抱いている讃岐守の道真は、まさに元稹の自唱自和の「次韻式連作」に共感していたからこそ、この形式を模したのではないだろうか。

まとめ

最後に、元稹の通州左遷時代の諷諭詩制作状況に触れてから、本稿の主旨をまとめたい。
周知のように、白居易は「達則兼二済天下一、窮則独二善其身一」と宣言し、江州左遷を境目として、その人生の重点を「兼済」から「独善」へと移した。その作詩を見てみれば、江州左遷後、閑適詩的な作品が増えてゆく一方、諷諭詩をあまり作らなくなる。

これとは対照的に、元稹は終始「達則済二億兆一、窮亦済二氂毫一」という信条を強く抱いており、経世済民を志して出世に積極的な態度を見せている。彼は江陵左遷時代には「有鳥二十章」（巻二十五・698）という諷諭詩を残した。そして、この通州司馬左遷時代にも、貶謫の身でありながら、諷諭詩の制作を断つことはしなかった。その代表作としては、元和十二年に制作された、いわゆる「楽府古題十九首」（巻二十三・665〜683）が挙げられる。特に、元和十三年の春に制作された「連昌宮詞」（巻二十四・684）は、当時「長恨歌」に遜色ない新楽府の名篇と讃えられ、ひいては唐穆宗に重用される契機とさえなったと言われている。(13) また、元和十三年四月、通州刺史の病死によって、通州司馬の元稹は臨時に刺史代理を務める。一時期ながらも、元稹は自分の才能が発揮できることを喜ばしく思って、州務を精力的に遂行している。そして、同年十二月、元稹は虢州《かくしゅう》長史に任命され、同じ時期に、白居易は忠州《ちゅうしゅう》刺史に転任する。翌年三月に、両人がそれぞれの新しい任地へ向かう途上、偶然にも長江上流の夷陵で四年ぶりに再会する。白居易はこの再会後の別れに臨み、本稿の冒頭で述べた須磨巻に引用されている「酔ひの悲しび涙灑《そそ》く春の盃の裏《うち》」といった詩句を詠じたのである。

このように、通州司馬左遷時代の元稹は、感傷詩のみならず、諷諭詩なども制作していた。この時期に、彼は強い孤独感や不遇感を抱いていたことから、「次韻式連作」という自唱自和の形式を創出したのである。この創出の背景は、「寒早十首」を創出した讃岐守の道真のそれと同じであろう。つまり、通州司馬元稹の流謫文学を想起することで、「寒早十首」が生成され、一国守としての真面目な姿勢と一詩人としての不遇に苦しむ姿勢が二重写しにされるのである。

注

(1) 須磨巻における流謫の創作方法などについては、天野紀代子「交友の方法―沈淪・流謫の男同志―」(岩波書店『文学』一九八二年八月号)、同氏『源氏物語仮名ふみの熟成』(新典社、二〇一一年)、同氏「「須磨」巻、流謫の表現」(法政大学国文学会『日本文学誌要』第七〇号、二〇〇四七月)参照。

(2) 菅原道真の詩文の番号は、日本古典文学大系『菅家文草　菅家後集』(川口久雄校注、一九六六年)に従う。本稿では「大系本」「大系注」と略する。ただし、詩の本文は、原則として私に校訂している。

(3) 新間一美「源氏物語の「浮舟」と白居易の「浮生」―荘子から仏教へ―」(『白居易研究年報』第十六号、勉誠出版、二〇一五年)、同「白居易・道真・芭蕉と旅―「浮生」を生きる―」(『東アジア比較文化研究』第十六号、二〇一七年六月)、三木雅博「「舟行五事」における『荘子』の位置づけ―白居易「江州左遷旅中詩」における『荘子』の位置づけとの比較において―」(『国語と国文学』二〇一八年五月号)参照。

(4) 谷口孝介氏は、二〇一六年度中古文学会秋季大会(二〇一六年十月二十二日)で行った「菅原道真「寒早十首」の構成と表現」の発表で指摘している。

(5) 柳澤良一氏が、『菅家後集』所収の「叙意一百韻」(484)を注釈する際に指摘。柳澤良一「『菅家後集』注解稿(十七)」(『金沢学院大学紀要 文学・美術・社会学編』二〇〇八年三月号)参照。

（6）『白氏文集』の引用は、新釈漢文大系本による。括弧内に花房番号を示す。

（7）瞿蛻園『劉禹錫集箋証　中』（上海古籍出版社、一九八九年）一〇三〇～一〇三一頁、卞孝萱校訂『劉禹錫集』（中華書局、一九九〇年）四一七～四一八頁参照。

（8）柴格朗訳注『劉白唱和集（全）』（勉誠出版、二〇〇四年）一一〇頁～一一三頁参照。ただし、筆者の試訳は、柴氏の理解と違ったところがかなりあるが、ここでは一々注記するのを省略する。

（9）藤原克己著『菅原道真　詩人の運命』（ウェッジ選書、二〇〇二年）一二二頁。

（10）本稿に引用する元稹の詩文は、周相録『元稹集校注』（上海古籍出版社、二〇一一年）に従うが、括弧内に花房英樹・前川幸雄『元稹研究』（彙文堂書店、一九七七年）所収の「作品総合表」の作品番号を示す。因みに、本章の元稹文学に対する基本的な把握は、主に両氏『元稹研究』、及び呉偉斌『元稹評伝』（河南人民出版社、二〇〇八年）による。

（11）石破洋「わが国における元稹詩の受容　―菅原道真の場合―」（富山大学『国語教育』第一号、一九七六年）

（12）楊国栄「論唐代組詩的声律技巧」（『福建農林大学学報（哲学社会科学版）』二〇一二年三月号）及び同氏の博士論文「唐代組詩研究」（二〇一二年六月）参照。中国語の「組詩」は連作詩の意である。

（13）『旧唐書』（元稹伝）に「長慶初、潭峻帰レ朝、出二稹「連昌宮辞」等百余篇一奏御。穆宗大悦、問稹安在。対曰、「今為二南宮散郎一」。即日転二祠部郎中・知制誥一」とある。

吟詠される詩序 ——その表現と効果

宋　晗

はじめに

『枕草子』第一五五段の一節を読んでみよう。これは清少納言と親しかった藤原斉信《ふじわらのただのぶ》がめでたく昇進したことにちなむ、清少納言と一条天皇との会話である。本文は小学館新編日本古典文学全集によった。

宰相（藤原斉信。筆者注）になりたまひしころ、上の御前にて、「詩をいとをかしう誦《ず》じはべるものを。『蕭会稽《せうくわいけい》が古廟《こべう》を過ぎし』なども、誰か言ひはべらむとする。しばしならでも候へかし。くちをしきに」と申ししかば、いみじう笑はせたまひて、「さなむ言ふとて、なさじかし」など仰せられしもをかし。

藤原斉信は蔵人頭から参議に抜擢され、それまで伺候していた定子のもとから遠ざかることになった。清少納言は、とりわけ斉信が披露する詩句吟誦がおいそれと聞けなくなることが遺憾であるという。公卿となった斉信は詩句吟誦という技能を披露するべき身分ではなくなるためである。ところで清少納言の発言によれば、斉信は「蕭会稽《せうくわいけい》が古廟《こべう》を過ぎし」という一句を吟誦したことがあるそうだが、この一句は詩序という漢文の一ジャンルから取られたものである。十世紀前半に活躍した文人である大江朝綱の詩序の「晩春。上州大王の臨水閣に陪して、同《とも》に香乱れて花識《し》り難しといふことを賦す」がそれであるが、この詩序は漢詩と和歌の佳篇を採集した『和漢朗詠集』に清少納言が引いた「蕭会稽……」の対句が入集していることから、人口に膾炙していたことが了解される。

『枕草子』一五五段から詩序が平安貴族に享受されていたことを読み取れるのであるが、ここで注目すべき点は、漢文が音声で享受されていた（吟誦）という事実である。漢詩文を作る専門家である文人は紙面に書き付けた漢詩漢文を朗読して表現効果を確かめつつ、推敲したと想像されるのである。従って現代の我々が黙読するだけでは取りこぼしてしまう美感を、平安貴族は吟詠することで詩序から得ていたはずである。本稿では詩序が音声によって享受される点に着目しつつ、詩序というジャンルの魅力の一端を照射したいと思う。まず詩序とはどのようなジャンルであったのかを概観しておきたい。

一　宴の情緒を記録する文章としての詩序

詩序は貴族の遊宴に供される漢詩を総括する序であった。日本現存最古の詩序は山田史三方《やまだのふみとみかた》が長屋王邸にて新羅の使節を迎えての宴に献じた「秋日、長王が宅《いへ》に新羅の客を宴す」序（『懐風藻』）であるから、古代日本の詩序の歴史は大友皇子の「侍宴」に始まる漢詩に次ぐ古さを持つということになる。天長四年（八二七）に成立した勅撰漢詩文集である『経国集』には詩・賦・対策文に加えて詩序が収録されており、詩序は早くから平安貴族全体に享受されたジャンルであった。公卿の漢文日記（古記録と通称される）を繙けば明らかなように、年中行事や親王・摂関家が主催する作文会《さくもんえ》（当時の詩宴の称）で詩序が献じられた。詩序は漢文の専門家である文人が作成するべきものであり、平安時代を通じて作り続けられたが、例えば紫式部の父の藤原為時は『御堂関白記』寛弘六年（一〇〇六）七月七日条によると、七夕の作文会に「織女、容色を理《つくろ》ふ」序を執筆している。詩序とは文人にとっての表芸のようなものであった。ここで詩序の通説的定義を確認しておきたい。佐藤道生氏の定義を左に引用する。(1)

詩序とは、宴席で賦された詩群の初めに置かれる序文のことである。日本では古来、詩を作る場は宮中、貴族の邸宅・別業、都及びその周辺の寺院などが中心であり、一堂に会した詩人たちは同一の詩題で詩を賦した。詩宴では、主催者が出席者の中から序者（詩序を執筆する者）を抜擢して行事の概要を記録させ、詩序は詩に先だって披講された。

佐藤氏は詩序を「行事の概要を記録」するものとする。なるほど詩序には作文会を執り行った日時・場所・参会者という情報が記録されてはいるのだけれども、「行事の概要」という定義は一歩踏み込んで説明しなければならない。そもそも行事の概要を記録するというだけならば、儀式次第について記録する漢文日記でその目的は十分に果たされるのであって、詩序が漢文の一大ジャンルとして流行した以上、機能的実用的な漢文記録とは異なる性格が付与されていたためと考えるべきではないか。寛平三年（八九一）三月三日の上巳の詩宴に関する『日本紀略』の記事と、当日に菅原道真が献じた「花時《くわじ》天は酔へるに似たり」序（『菅家文草』巻五）の訓みくだし(2)を併記しよう。

（紀略）敕して詩人に「花時天は酔へるに似たり」の詩を賦せしむ。

（詩序）①春の暮月《ぼぐゑつ》、月の三朝なり。②天花《てんはな》に酔へり、桃李盛んなればなり。③我が后《きみ》一日の沢、万機の余り。④曲水遥かなりと雖も、遺塵《ゐぢん》絶えたりと雖も、巳の字を書きて地勢を知り、魏文を思ひて以て風流を翫ぶ。⑤蓋《けだ》し志の之《ゆ》く所、謹みて小序を上《たてまつ》る。

三月三日は桃の節句として知られるが、元来は中国の風習で上巳といい、奈良朝より日本に取り入れられた行事である。右の『日本紀略』の簡素な記述では詩宴の具体的な雰囲気はわかり得ない。対して道真序は事実の内部に宿る情緒を掘り起こしている。三月三日は春の盛りを楽しむ歳時であるから、序は桃李爛漫たる春景を提示することから始まっている。③「我が后《きみ》一日の沢、万機の余り」は万機を統べる天皇の恩沢によって遊興の一大行事たる詩宴が開催されたことを言祝ぐ対句である。④にいう「曲水」は曲がりくねった水流に杯を浮かべて杯が流れてくるまでに詩人が詩を賦すという雅な行事であり、王羲之の蘭亭の詩宴が著名。「巳の字」はその屈曲した造りが曲水の地勢を連想させるという。「魏文」は魏文帝曹丕であり、首都の鄴《ぎょう》で名文人の建安七子を集めて詩宴を催した文化人でもある。菅原道真は伝統ある上巳の宴に関する歴史上の典型を引き合いに出して当日の詩宴の高雅さを印象づけているのであり、結びとなる⑤は『毛詩』大序にいう詩の根本的な定義の「詩は志の之く所なり。心に在るを志と為し、言に発するを詩と為す」により、この晴れがましい作文会に気分が高揚し、その感興を詩という形にしたい、と宣言しているのである。当日は絲竹管絃《しちくかんげん》が奏せられ、酒も振る舞われたと考えられるのだが、当座の君臣和楽の情調がほのぼのと伝わってくる一文である。

集いの場が特別であると主張しようとするのは人間の普遍的な心理のようで、例えば夏目漱石の『三四郎』では、三四郎が参加した同級生の懇親会の席上で、演説を打った同級生の切り口上にこう述べてある。本文は新潮文庫二〇一二年版による（傍点は宋）。

我々が今夜此処へ寄って、懇親の為に、一夕の歓を尽くすのは、それ自身に於いて愉快な事であるが、この懇親が単に社交上の意味ばかりではなく、それ以外に一種重要な影響を生じ得ると偶然ながら気がついたら自分は立ちたくなった。この会合は麦酒に始まって珈琲に終っている。全く普通の会合である。然しこの麦酒を飲んで珈琲を飲んだ四十人近くの人間は普通の人間ではない。…（中略）…政治の自由を説いたのは昔の事である。言論の自由を説いたのも過去の事である。……

いかにも意気軒昂たる調子で発せられた即興の演説であるが、懇親会の意義を親睦を深めるという一般的な意義から「政治の自由」「言論の自由」という政治社会の位相へ引き揚げようと肩肘を張っているのが了解されよう。しかも同級生諸君は「普通の人間」ではないというのである。集いの価値が宣揚されている点で、この演説は道真序と同じ機能を果たす。道真序も天皇という究極の公人の徳、由緒ある上巳の宴の価値を明言することで、当座のかけがえのなさを主張するのである。道真序は全文が『和漢朗詠集』春「三月三日」に取られていることから、名文として喧伝されていたと思しい。

つまり宴という特別な時間に生起する情感を言語化する詩、文人と公卿がものした詩群の趣意を総括し、場の意義深さ、雰囲気の華やかさを書きとめる媒体が詩序であった。『日本紀略』が「このような事があった」という事実の外形を記録するのに対して、詩序は「事実が当事者にとっていかなる価値を持つのか」という事実の内部にたゆたう雰囲気を記録するのが眼目なのである。そして右に見た道真序が平易とはいえ対句で織りなされているように、詩序は対句と典故が象嵌された駢文で作られるのが鉄則だったのだが、それは駢文が風雅な遊びを彩るために不可欠な格調と典麗を保証するスタイルだったからである。さながら詩序は精巧に作り上げられた言葉の工芸品のようなものであった。

詩序が平安貴族に享受される過程を考えた場合、文人や漢詩文に堪能な一握りの高位の貴族は別として、一般貴族は紙に書かれた詩序を、例えば廻し読むことで享受していたとは考えづらい。詩序流通の主たる媒介は社交の場における吟詠によるのである。つまり、以下の詩序流通の道筋が想定される。詩序は宴の場でまず当日在席する貴族に認知され、中でも印象的な箇所が抜き出されて佳句として吟詠されることで、当日の宴に参席していなかった貴族の間に広まる、というものである。先に見た『枕草子』に引かれた大江朝綱の詩序の佳句である「蕭《せう》会《くわいけい》稽が古廟《こべう》を過ぎし」は、成明《なりあきら》親王（後の村上天皇）の作文会にてはじめて吟詠されたものであった。藤原斉信が定子の御前で佳句吟詠を披露したのは蔵人頭の任にあった正暦五年（九九四）から長徳二年（九九六）にかけての事であり、朝綱序の成立から数十年後にあたるわけだが、「蕭会稽《せうくわいけい》……」の句は名句として長らく社交の場で吟詠されていたことが『枕草子』からうかがわれるのである。次節では詩序が吟詠される具体的な場と、吟詠が持つ美感について検討しよう。

二　訓読される詩序

詩序が宴の場で読み上げられる具体的な手順を『吏部王記』延長四年（九二六）九月九日の菊花宴の記事によって確認してみよう。本文は大日本史料に従い、割注は省略する。また訓みくだし文のみを掲げる。

王公及び講師博文《ひろふみ》（藤原博文。同時期の文章博士。筆者注）御床の東に進む。①先に序を読み、次に下より十余枚を読む。上、御製を左大臣の御に投げ与ふ。先々に読まれし所の詩を撤て、御製を以て筥《はこ》の上に置く。上が詩を読ましむるの間、②詩中の義、博文朝臣、響きに応じて対答し、一二の通ぜざる有らば、公統《きんむね》朝臣（橘公統。文章博士。筆者注）をして之を釈せしむ。右中将英明朝臣の詩に佳句有り、勅して坏《つき》を勧む。弾正親王之《これ》を受く。講師に勧む。勅有りて講師に滴瀝を行ふ。次いで散三位に只だ佳句有りて、坏を勧む。③麗句の有る毎《ごと》に博文朝臣をして詠ましむ。御製に到りては、群臣盛んに発《をこ》り、共に朗詠す。

……

詩序の吟詠と関わる傍線①②③を整理すれば、講師、詩序を読む→講師、下位の者の詩から順番に読む→意味がとりづらい箇所を講師が解釈する→佳句を講師に読ませる（更に御製を臣下一同朗詠）、となる。作文会において詩序と詩の文面を持つのは講師のみであり、他の貴族は耳で詩序と詩を理解し享受していたことが確認される。講師の講釈が設けられているのも聴覚で漢詩文を理解するための補助であろう。ただし『吏部王記』の記述では参席している貴族が漢詩文の吟詠をどのように楽しんでいたのか、その細部まではわからない。そこで『うつほ物語』国譲下巻（おうふう、一九九五年）から作文会に関わるくだりを引用する。源仲頼邸での作文会である。

　その日は、題出だして、用意しつつ詩作り給ふ。……日暮れて、詩作り果てて、読ませ給ひて、面白き句は、皆誦し給ふ。右大弁の御声はいと高う厳しう、大将の御声はいと面白うあはれなり。夜更くるまでは、詩誦じ、暁方になりて……

作文会の興趣は傍線部に集約されている。詩は一度読まれ、その中で「面白き」句を一同で朗詠する。そして吟詠は、朗詠者の音声の質を評価すること（大将の御声はいと面白うあはれなり）も含める集団的な娯楽であったことが了解される。その楽しみの程は、「夜更くるまで、詩誦」んずるほどであった。漢詩文吟詠は平安貴族にとっての遊興だったのであり、その盛行によって佳句が蓄積され、やがて『和漢朗詠集』という詞華集が成立したのであった。漢詩文享受の主な手段としての吟詠、なかんずく朗詠を丹念に分析したのが青柳隆志氏の『日本朗詠史　研究篇』（笠間書院、一九九九年）であり、本論も氏の分析に啓発されるところが多い。ここで問題として浮かび上がるのは、平安貴族は音読・訓読いずれによって漢詩文を吟詠したのか、ということである。『うつほ物語』蔵開中巻から関連する箇所を抜き出してみよう。藤原仲忠が母方の祖父である清原俊蔭、曾祖父式部大輔の詩集を天皇の御前に吟詠する場面である。

　俊蔭のぬしの集、その手にて、古文に書けり。今一つには、俊蔭のぬしの父式部大輔の集、草に書けり。①「手づから点し、読みて聞かせよ」とのたまへば、古文、文机の上にて読む。例の花の宴などの講師の声よりは、少しみそかに読ませ給ふ。七、八枚の文なり。果てに、②一度は訓《くに》、一度は音《こゑ》に読ませ給ひて、「面白し」と聞こし召すをば誦ぜさせ給ふ。

平安時代の訓読についてうかがい知れる資料としてしばしば引用される場面である。先に傍線部②を見れば、仲忠は訓読・直読両様で祖父清原俊蔭の漢詩を読み上げている。おそらく現実の詩宴においても直読と訓読は混在していたと考えられるのだが、(3)漢詩文という文章から導出される直読と訓読の音声が日本における漢詩文享受と密接に関わっている点について、松浦友久氏の「「文語自由詩」としての訓読漢詩―定型詩（和歌・俳句）との相補性―」(4)を参照しよう。氏は、漢詩が古代より日本で愛好されてきた要因として、訓読された漢詩が持つ自由律が和歌・俳句といった定型詩と相補性を持つためであると指摘する。氏の見解に従い、白居易の「春中に盧《ろ》四《し》周諒《しゆうりやう》と華陽観に同居す」（『白氏文集』巻十三、／0633『和漢朗詠集』春部「春夜」）の

頷聯を左に掲げる。(5)

背燭共憐深夜月　燭《ともしび》を背《そむ》けては共に憐れむ深夜の月

踏花同惜少年春　花を踏みては同じく惜しむ少年の春

「踏花同惜少年春」は『西行桜』に「共に憐れむ深夜の月、朧々と杉の木の間を洩りくれば……」として引かれることでも知られる。この対句を直読した場合、当然ながら音律は七／七であるが、訓読した場合、直読のリズムは崩れ、「ともしびをそむけてはともにあわれむしんやのつき／はなをふみてはおなじくおしむしょうねんのはる」、つまり二十三／二十一となる。このリズムは和歌や俳句の定型詩のそれに合致するものでないため、漢詩の意味を把握する時、日本人はそれを文語自由詩として体感している、というのが松浦氏の見解である。訓読は漢詩文の機械的な逐語訳ではなく、日本語で読むのに適した文体として漢詩文を再構成したものであり、それ自体が賞美されるものであった。先に見た『吏部王記』の記事に「麗句の有る毎に博文朝臣をして詠ましむ」とあるように、読まれた詩の中で佳句と思われるものが吟詠されていることからも佳句の賞美は十世紀前半で制度化されている。そして平安時代の訓読は現代の訓読とは異なるとはいえ、訓読された漢詩が文語自由詩であり、和歌と相補の関係にある、という図式は平安時代においても変わらず、むしろ松浦友久氏が提示した図式は奈良・平安朝において確立されたものである。直読時の漢詩文の定型性とは視覚的な対句の定型性であり、それに対する訓読の聴覚的な自由律が対置されることで、漢詩の視覚・聴覚の二重性が享受されていたのであった。

本節では最後に、漢詩とは異なる詩序の価値について補足する。端的にいえば、詩序の価値は漢詩よりも複雑な対句表現にあった。菅原道真の孫であり十世紀を代表する文人である菅原文時の「暮春。冷泉院亭に侍宴す。同に花光水上に浮かぶといふことを賦す。応製」序（『和漢朗詠集』春部「鶯」）の佳句を左に引用しよう。

誰謂水無心、濃艶臨兮波変色　誰か謂ひし水心《みづこころ》無しと、濃艶臨んで波色《なみいろ》を変ず

誰謂花不語、軽漾激兮影動脣　誰か謂ひし花《はな》語らずと、軽漾《けいやう》激して影脣を動かす

一見して明らかなように、この対句は漢詩のそれのように一句ずつで対をなすのではなく、二句ずつで対をなすものであり、これを隔句対という。隔句対は駢儷体で作られる詩序や賦の生命ともいえるもので、漢詩の単対（隣り合う句同士が対になるもの）よりも読み上げた際に重厚な響きに感じられたことであろう。青柳隆志氏の統計によれば、宴会で朗詠される常用佳句の五首中四首が隔句対であり、更に四首中三首が詩序から選び取られている。(6) 詩序吟詠は詩宴の重要な一環であり、とりわけ天皇・摂関家が主催する作文会に詩序を献じることは、文人にとって無上の栄誉であったと考えられる。

三　吟詠から見た詩序の定型化

これまで吟詠の観点から、詩序が詩宴の場の権威ある漢文であること、また複雑な対句が平安朝に好まれたことを俯瞰してきたのだが、更に吟詠という切り口によって詩序の定型化という問題の一側面が照射できる。近年の平安朝漢文学研究の進展によって平安朝詩序は十世紀後半から十一世紀初頭、藤原公任が『和漢朗詠集』を編纂した時期には定型化が完了していたと考えられるのだが、(7)まず詩宴における漢詩の本流となった句題詩について触れておかねばならない。句題詩は平安朝で独自の発達を見せた詩型であるが、作文会に課された漢字五文字の詩題を句題といい、この題意を一定の規則に基づいて敷衍することが詩人に求められた。句題詩の確立が作詩人口の増加を結果したことについて佐藤道生氏は左のように概括している。(8)

句題詩の構成方法は一見煩雑なように思われるが、①基本線を守りさえすれば無難に一首を作ることが可能である。これはまさに画期的な方法であったと言えよう。この構成方法が確立したことによって、②誰しもが容易に詩人となり得る環境が整い、詩人の増加、延いては詩宴の盛行が促進されることとなったのである。

句題詩の詠法については詩序と合わせて後に触れるが、盛行の原因として佐藤氏は傍線部①

を指摘する。すなわち句題詩の定則によって詩を作れば作文会という場の雰囲気に即した詩作が出来上がること。傍線部②に述べられているように、詠法確立によって作文会に詩人として参加しうる基準が明確化され、敷居がむしろ低くなった、という。佐藤氏の概括は句題詩の発展変遷を把握した上での精密さを有しており、示唆に富むのだが、なお作文会に参席する貴族が耳によって漢詩文を享受したことに注目したい。そして詩序の定型化は句題詩詠法の確立と連動するものであるから、佐藤氏の詩序に対する分析(9)に従って、本稿では菅原文時の「仲春内宴。仁寿殿に侍りて同に鳥声管絃に韻くといふことを賦す。応製」序（『本朝文粋』巻十一）を取り上げ、句題詩の詠法と句題詩的に作られた詩序について説明する。佐藤氏は詩序を三段落に分けて説明するのであるが、氏に従って文時序を三段に分ける。岩波新日本古典文学大系の本文に基づき、私に訓みくだした。

〔第一段　内宴の由来を説明し、帝徳を讃える〕

夫《そ》れ内宴者《は》、本是《もとこ》れ上陽《じやうやう》の秘遊なり。上陽の喜気、古と同じからず。物色なり風光なり、自然の感有るが如し。方《まさ》に今《いま》節已《すで》に移り、景《けい》更に美なり。春の楽しむべき、蓋し此の時なるか。故に繡戸《しうと》暁に開き、瓊簾《けゐれん》晴に巻く。天と徳を布く、煙霞玄覧《げんらん》の間に出づ。時に随《したが》ひて仁を施す、雨露叡賞《えゐせう》の裏に洽《あまね》し。是に於いて綵《し》綸《りん》禁有り、座席寛に非ず。事に従ふ者は露人多しと雖も、詔に応ずる者は風客幾《いくばく》ならず。即ち是れ初月の古風、抑も亦《また》千載の一遇なり。

文時序は康保三年（九六六年）二月二十一日の内宴[10]に献じられたものである。内宴は嵯峨朝前後に起源を持つ密宴で、本来は一月下旬に行われる。第一段は作文会開催の経緯と主催者の徳を述べるもので、この序では内宴の起源を語り、同時に仲春の景物の美しさを点綴すると同時に、傍線部で天皇の徳を讃えている。傍線部には天皇の「徳」と「仁」が、眼前に広がる「煙霞」「雨露」にまで遍く行き渡っていることが隔句対で描出されている。要すれば伝統ある内宴、仲春という時節、この春日に君臣会して詩宴を執り行うこと、その得がたさを闡明するのが第一段の役割である。第二段はそれを承けて、句題詩の手法を導入して詩題の「鳥声韻管絃」を敷衍するものであり、詩序全体の眼目でもある。第二段も佐藤氏に倣い、句題詩の詠法に則って「題目」「破題」「本文」の三部に分ける。

①題目

1 于時妓舞粧楼　時に妓《うたひめ》は粧楼に舞ひ
2 　鳥歌禁樹　鳥は禁樹に歌ふ
3 嬌声出花柳之露　嬌声は花柳の露に出で
4 妙韻入管絃之風　妙韻は管絃の風に入る

②破題

5感同類於相求、離鴻去雁《管絃》之応春囀《韻鳥声》

同類を相求むるに感ず、離鴻去雁《りかうきよがん》の春囀《しゆんてん》に応ずる

6会異気而終混、龍吟熊躍《管絃》之伴暁啼《韻鳥声》

異気を終に混ずるに会す、龍吟熊躍《りゆうぎんゆうやく》の暁啼に伴ふ

③本文

7至夫調泥風而不和

8　曲咽露而自誤

夫れ調《しらべ》風に泥《なづ》みて和せず

曲露《つゆ》に咽びて自ずから誤るに至りては

9燕姫之袖《韻管絃》暫收、猜繚乱《鳥声》於旧拍

燕姫の袖暫く収む、繚乱を旧拍に猜《うたが》ひ

10周郎之簪《韻管絃》頻動、顧間関《鳥声》於新花者也

周郎の簪頻りに動く、間関《かんかん》を新花に顧みる者なり

①題目は句題の五文字「鳥声韻管絃」を組み入れて対句を作るもの。②破題は句題の五文字を用いずに題意を言い換えるもので、「離鴻去雁」「龍吟熊躍」が鳥声、「応春囀」「伴暁啼」が「韻管絃」に対応する。もっとも、詩序の文脈を考慮せずに題意を敷衍するわけではなく、②破題の意味内容は、①題目で提示された春の鳥の囀り、作文会に奏せられる管絃に鴻・雁・

龍・熊が感応して鳴き交わすというもの。

③本文は典故を踏まえて題意を言い換えるものであり、典故は一般的に題意に関わる文字が含まれる。「燕姫」「周郎」は「管絃」の題意を敷衍する。「燕姫」は燕国の妓女といった程の意味。燕姫は宴会の詩に頻繁に持ち出される用語のため、直接的な典故は詳らかにしがたい。「周郎」は三国時代の周瑜を指し、「周瑜少《わか》くして音楽に精意す。三爵の後、其れ闕誤《けつご》有らば、瑜必ず之を知る。之を知れば必ず顧る。時の人謡《わざうた》して曰く、『曲復《また》誤れば、周郎顧らん』と」（『三国志』呉書「周瑜伝」）に因む。「繚乱」「間関」はやはり典故に取られた詩によって題の「鳥声」を敷衍する。「繚乱」は元稹の「襄陽、盧竇《ろとう》が為に事を紀《しる》す」（『全唐詩』巻四四二）の「鶯声撩乱たりて曙灯残り／暗に金釵を覓《もと》めて暁寒に動く」（撩は繚に同じ）、「間関」は白居易の「琵琶引」（『白氏文集』巻十二「感傷四」）の一節「間関たる鶯語花底に滑らかに／幽咽《ゆうえつ》せる泉流水下に難《なや》む」による。詩序の第三段は全篇の締めくくりとしての自謙句が挿入される箇所であるが省略する。

このように詩序第二段は、題の意《こころ》を複雑な対句、典故によって唯美的に敷衍するものであり、この方法は句題詩のそれと共通する。それではなぜ句題詩と句題詩序が平安朝漢詩文の主流になったのかといえば、この二種類の詩文が平安貴族好みの美感と内容を有するからに他ならない。再び右の詩序を例にしてみよう。文時序の題は「鳥声韻管絃」、作文会が開催された時節は春半ばの旧暦二月下旬である。百花繚乱の中、鶯が囀るという春の情景が参会者の眼前に広がり、なおかつ管絃絲竹が奏せられていたのであれば、「鳥声韻管絃」には当座に即したイメージが切り取られていよう[11]。題目・破題・本文は、句題五文字に提示されながらもなお汲み尽くされていない茫洋としたイメージに、鮮明な輪郭を与えるための手法であった。

この三つの手法は題意のパラフレーズであり、表現様式としては連想性が注目される。例えば文時序の「会異気而終混、龍吟熊躍之伴暁啼」は、表面上、春の鳥の鳴き声に感応して龍が啼き熊が躍るというもので、岩波日本古典文学大系などに指摘されているように、笛の音色が龍鳴に似るという馬融の「長笛賦」（『文選』巻十八）が典故としてふまえられ、題の「管絃」を敷衍している。また、異なる気が融即した結果、龍と熊が感応するという発想には古代中国の自然観が投影されている。春は陽の気であり、龍と熊はそれに反応すると目されていた[12]。つまりこの一句は「鳥声韻管絃」という題字を即物的機械的に言い換えるのではなく、春という季節から導き出される自然観を加味して理知的に題字を迂回しつつ、その意を捉えたものと言える。パラフレーズの塗り重ねによって詩序に立ち現れる形象は嘱目の景から遠ざかるのであるけれども、その反面、対句の布置は刺繡の縁取りのごとく、詩題に内包された美を自立した言語空間へと昇華せしめるのである。

句題詩と詩序のこの定型化は音声として享受するに相応しい様式であった。作文会の場に立ち戻ろう。紙面のテキストを目にしえたのは主催者・吟詠を担当する講師だけであり、他の参会者は耳によってでしか詩序と詩の内容をつかめない。したがって聴衆は題字を三つの手法で敷衍する、という定則を知ってさえいれば、漢詩文に堪能とはいえない公卿であっても作品の意図を予測することで文意を理解しやすくなる。辺幅の長い詩序の対句構造や典故を一般貴族が聴覚に頼って理解するのに労力が必要とされるのは想像に難くない。よって句題詩序の三段構成、特に第二段が句題詩の手法によって綴られる、という定型化は、作り手のみならず聞き手にとっての利便性を図ることでもあった。聞き手は句題の表現の型を記憶しておけば、作文会で詩序を聞く場合、語句の細部の理解にかかずらうことなく、直に語句の配列からイメージをたぐり寄せることが可能となる。

むすびに

本稿では平安朝における詩序享受の動態と句題詩序の定型化の原因を考察してきた。現代の我々は文学作品を黙読しながら味わうのだが、そこから直線的に逆算して平安朝の文人も書斎にこもり、終始沈黙して詩序を製作したように想像しがちである。しかし、詩序と詩は集団の場において、音声で享受される文芸であった。文人は音読した時の表現の感覚的な美を基準として詩序を製作したと考えるべきであろう。このように詩序享受の状況を想定した時、一字一句の意味を厳密に確定することを目的として詩序を読んだ時に感じる不明瞭さの原因も明らかとなろう。はたして詩序の大多数は、近現代の小説や詩を分析する手法によってその文学的特質を明らかにできるものなのであろうか。文芸としての詩序の生命は吟詠した時の韻律、そして対句におりなされる多層的なイメージに宿っているのであり、きめの細かい論理よりもきらびやかな修辞が重んじられていたのである。それは詩序だけでなく、平安朝漢詩文全般に適用されるものでもある。

もとより詩序は、菅原文時や大江匡衡といった平安時代を代表する文人が全身全霊をうちこんで作った言葉の工芸品であるから、その中には精密な読みに堪えうる傑作が存在するのもまた事実である。しかし平安朝における詩序の享受のありようをふまえずに詩序を読むと、すくい上げることのできないものもある。いわば「解釈よりも感興」(13)を、厳密な思考よりも高揚する気分を。清少納言が賞美した藤原斉信の佳句吟詠のように、現代の我々も詩序を声に出して読んでみるのもまた一興であろう。

注

（1）佐藤道生『句題詩論考—王朝漢詩とは何ぞや—』（勉誠出版、二〇一六年）「平安時代の詩序に関する覚書」（初出二〇〇九年）

（2）道真の詩序の訓みくだしは三木雅博訳注『和漢朗詠集』（角川ソフィア文庫、二〇一三年）に従った。なお本稿における『和漢朗詠集』所収佳句の本文・訓みくだしも同書に依拠する。

（3）齋藤希史氏は「〈漢〉の声—吟詠される佳句—」（『中古文学』、二〇一七年十一月）で『うつほ物語』の嵯峨上皇・朱雀天皇が歴史上に実在する嵯峨天皇・宇多天皇にそれぞれ擬されていることから、十世紀以降は直読・訓読が共存していたと推定する。

（4）『漢詩—美の在りか—』（岩波書店、二〇〇二年）所収論考

（5）『白氏文集』所収作品の本文・訓みくだしは新釈漢文大系により、作品番号を付す。

（6）青柳隆志『日本朗詠史　研究篇』（笠間書院、一九九九年）「朗詠常用曲の成立」に従って常用曲の題名を列挙する。①伝謝偃「雑言詩」（『和漢朗詠集』「祝」）、②慶滋保胤「春の生ずることは地形に逐《したが》ふ」序（『和漢朗詠集』「早春」）、③公乗億「友人の大梁に帰るを送る賦」（『和漢朗詠集』「酒」）、④大江朝綱「早春。内宴に侍りて万年の春を聖化すといふことを賦す。応製」序（『新撰朗詠集』「帝王」）⑤藤原伊周「一条院の御時、中宮御産百日和歌序」（『新撰朗詠集』「帝王」）

（7）佐藤道生「平安後期の題詠と句題詩」（注（1）所掲佐藤書、初出二〇〇七年）

（8）佐藤道生「句題詩概説」（注（1）所掲佐藤書、初出二〇〇七年）

(9) 佐藤道生「平安後期の題詠と句題詩」(注(1)所掲佐藤書、初出二〇〇七年)

(10) 内宴は嵯峨朝に起源を持つ私的な宴会。滝川幸司『天皇と文壇—平安前期の公的文学—』(和泉書院、二〇〇七年)「内宴」(初出一九九五年)を参照されたい。

(11) 句題詩の題者が時節に適った詩題を選択している、という指摘は堀川貴司『詩のかたち・詩のこころ—中世日本漢文学研究—』(若草書房刊、二〇〇六年)第一章「句題詩の詠法と場」(初出一九九五年)に提示されている。

(12) 春に龍が出現するのは鄭玄作とされる『易緯通卦験』(『芸文類聚』「春」所収逸文)に「震は東方なり。春分を主《つかさど》る……気左に出づれば、蛟龍出づ」などとあるようによく知られた観念であり、また楊雄の「蜀都賦」(『文選』巻三)に「熊羆咆《ほ》へて其の陽に交はる」とあるように、熊は陽の気に反応して姿を現すと考えられていた。

(13) 注(3)所掲齋藤論文は古代日本における吟詠を総評して「解釈よりも感興」と説述するが、首肯される見解である。

『古今和歌六帖』第四帖《恋》から『源氏物語』へ
――〈面影〉項を中心に

田中智子

はじめに

『古今和歌六帖』（以下『古今六帖』）は約四五〇〇首の歌を所載する私撰和歌集である。現存の『古今六帖』諸本はいずれも、全体を二二の部に分類し、そのもとに五〇〇余の項目を配するかたちを取っており、その点に同集の歌集としての最大の特徴がある（なお、以下部には《 》を、項目には〈 〉を付して表記する）。[1] 同集は一〇世紀後半頃の成立直後から次第に流布し始めたとみられ、作歌のための手引書として人々に重用されたとともに、『源氏物語』や『枕草子』などの後世の作品にも少なからぬ影響を与えたとされてきた。[2] 稿者は同集が、平安朝貴族たちの、和歌の教養の基盤を成すような重要な歌集であったと考えている。[3]

以上のことをふまえて本稿では、『古今六帖』の恋歌、特に第四帖にみえる部《恋》に着目し、同集における和歌の類聚の方法に考察を加えることとする。その際、《恋》の諸項目が『源氏物語』の恋物語の叙述に与えた影響をも検討することとしたい。そもそも『古今六帖』には恋歌を集成した部として第四帖《恋》と第五帖《雑思》とがあるが、先行研究では、これらの恋歌の分類項目と『源氏物語』の叙述との関係性について充分に検討されてこなかった憾みがある。しかしながら、多種多様の恋愛物語を描く『源氏物語』において、『古今六帖』の恋歌の分類項目がいかにふまえられ、享受されているかという問題は極めて重要だと思われるのである。

夙に小町谷照彦氏(4)は、『古今六帖』にみえる恋歌の分類項目が多彩であることを指摘し、「古今六帖の恋・雑思の類題はやはり異彩を放っているのであり、物語の季節である平安時代中期という時点を改めて思い出さずにはいられない」と述べた。稿者の関心は、『古今六帖』の多彩な恋歌の分類項目が「物語の季節である平安時代中期」に成立したことの意義を、具体的な和歌表現の分析によりながら考察することにある。

一　第四帖《恋》と第五帖《雑思》

先述のように恋歌を分類した部としては第四帖《恋》と第五帖《雑思》とがあり、《恋》には次の一〇項目が、《雑思》には次の六四項目が立てられている。

《恋》恋　片恋　夢　面影　うたた寝　涙川　恨み　恨みず　ないがしろ　雑思

《雑思》知らぬ人　言ひ始む　年経て言ふ　初めて逢へる　あした　しめ　相思ふ　相思はぬ　異人《ことひと》を思ふ　わきて思ふ　言はで思ふ　人知れぬ　人に知らるる　夜ひとりをり　ひとりね　ふたりをり　ふせり　暁に起く　一夜隔つ　二夜隔つ　物隔てたる　日頃隔てたる　年隔てたる　遠道隔てたる　うち来て逢へる　宵の間《ま》　物語　近くて逢はず　人を待つ　待たず　人を呼ぶ　道のたより　ふみたがへ　人づて　忘る　忘れず　おどろかす　思ひ出づ　昔を恋ふ　昔ある人　あつらふ　契る　人を訪ぬ　めづらし　頼む　誓ふ　くちかたむ　人妻　家刀自を思ふ　思ひ痩す　思ひわづらふ　来れど逢はず　人を留む　留まらず　名を惜しむ　惜しまず　無き名　我妹子　我背子　隠れ妻　になき思ひ　今はかひなし　来む世　形見

《恋》と《雑思》はともに、自然景物や物象ではなく心象に基づき恋歌を詳細に分類したもので、『古今六帖』の中でも極めて特徴的な部といえよう。同時代の歌集をみてもこれほど大量に恋歌を集積したものは他にないと同時に、これほど細やかに恋歌を部類した歌集はなく、当時の歌合にもこのような詳細な恋題は見受けられない。(5)『古今六帖』という歌集の特異性が際立つのであるが、それにしてもなぜ、『古今六帖』では恋歌が《恋》と《雑思》との二つの部に分けて配されているのであろうか。従来の先行研究では、ともすれば《恋》と《雑思》とは恋歌を収集した部として一括して論じられてきた憾みがあるが、両者が別の部として異なる帖に位置づけられている以上、両者の間には明確な差異があると捉えねばなるまい。

この問題に関して宇佐美昭徳氏(6)は、『古今集』恋部との比較に基づき重要な指摘をしている。氏は、『古今集』恋三〜恋五には「恋のプロセス」という分類意識が顕著なのに対し、恋一・恋二には「恋のプロセス」という観点では捉えがたい歌が多いとしたうえで、『古今集』恋三〜恋五と『古今六帖』《雑思》が、恋一・恋二と《恋》が対応関係をもつとする。すなわち第五帖《雑思》には「恋のプロセス」によって分類された歌が、第四帖《恋》には「恋のプロセス」という観点では捉えがたい歌が収集されているというのである。

注目すべき見解であるが、これに対して稿者は、『古今六帖』《雑思》の分類方法は単純な「恋のプロセス」に基づくものとはいいがたいと考えている。詳しくは旧稿(7)で論じたように、《雑思》は、恋愛における各種の状況・局面を項目として立て、それらを大筋では「恋の進行過程」に即して配列しつつも、その間にそれらの項目と類想関係にある項目や対立関係にある項目を配するという複雑な配列構造を有するとみられる。すなわち《雑思》の項目は、恋歌を、恋における諸々の段階・状況・局面などによって類聚したものといえる。ここには、『古今集』に学びながらも、『古今集』恋部の単なる模倣とは異なる、『古今六帖』独自の恋歌の分類・配列意識が表れているとおぼしいのである。

一方で第四帖《恋》では、恋によって喚起される様々な情念や感情をかたどる、恋の重要な「歌ことば」に基づき歌が類聚されているのではなかろうか。つまり《雑思》と《恋》とは、まったく異なる和歌類聚の論理を有していると考えられるのである。次節ではこの《恋》における和歌類聚・立項の方法について、より詳細に分析を加えたい。

二 《恋》の立項の論理

ここで、第四帖《恋》所載の一〇項目を再掲しよう。

恋　片恋　夢　面影　うたた寝　涙川　恨み　恨みず　ないがしろ　雑思

本節ではこれらの一〇項目がどのようにして立項されたかを検討するが、あらかじめ大まかな見通しを述べれば、《恋》の諸項目はおおよそ、恋にまつわる歌ことばを類聚したものといえよう。〈恋〉～〈恨みず〉は、項目名そのものを歌中に詠み込んだ歌を中心に収集した項目である。また、《恋》末尾の項目〈雑思〉の歌の配列にも、歌ことばに基づく歌の類聚意識が存するとみられる（なお、第五帖中の部の《雑思》と第五帖《恋》中の項目の〈雑思〉とは別個のものである）。〈ないがしろ〉だけは例外的に歌ことばが和歌の分類・立項の基準となっていないのであるが、その問題については後述することとしたい。

さて、《恋》冒頭の〈恋〉～〈涙川〉の六項目の所載歌の大半は、項目名そのものを歌ことばとして歌中に詠み込んだものである。例えば〈夢〉の所載歌三二首にはすべて「夢」の語が詠み込まれている。その出典は、『古今集』恋一・恋二・恋三・恋五の歌や私家集歌、万葉歌、出典未詳歌など実に多彩であり、三代集時代における「夢」という歌ことばの詠み方の多様性を示すものとなっている。同様に〈恋〉には「恋」「恋し」「恋ふ」などの語、〈片恋〉には「片恋」「片思ひ」の語、〈面影〉には「面影」の語、〈うたた寝〉には「うたた寝」の語、〈涙川〉には「涙川」「涙」の語を詠み込んだ歌が集中的に配されている。

ここで問題となるのは、〈涙川〉に続く〈恨み〉〈恨みず〉には、項目名「恨み（恨む）」を詠み込んだ歌がそれぞれ数首しか採録されていないことである。しかし〈恨み〉の所載歌二四首と〈恨みず〉の所載歌三首がすべて、「恨む」「憂し」「つらし」「つれなし」「かなし」「世」「世の中」のいずれかの語を一つ以上詠み込んだ歌であることには留意が必要であろう。例えば〈恨み〉の所載歌「世の中の憂きもつらきもかなしきも誰にいへとか人のつれなき」（二〇九七）などは、それらの語を一首のうちに集中的に詠み込んだ歌である。つまり〈恨み〉〈恨みず〉は、恋人を恨む心情を示す歌ことばを、「恨む」の一語に限らず「憂し」のような形容詞も含めて幅広く収集した項目といえよう。その意味ではやはり両項目も、恋歌の重要な歌ことばに基づき歌を類聚する『古今六帖』《恋》のあり方を示すものと考えられるのである。

また《恋》末尾の〈雑思〉（二一三〇〜二二三三）は、「そのほかの種々の思い」ほどの意の項目であるが、ここにも歌ことばに基づく和歌の類聚意識が認められる。というのも、当該項目の所載歌一〇四首のなかには、特定の歌ことばを詠み込んだ歌が連続して配されている箇所が少なくないのである。(8) すなわち二一三一〜二一三五に「思ふ」の語、二一三六〜二一三九に「人」と「心」の語、二一四〇・二一四一に「いつはり」の語、二一四二〜二一四五に「逢ふ（あひ見る）」の語、二一四六〜二一四九には「あはれ」の語を詠み込んだ歌がまとめて配されている。これらはそれぞれ一つの項目として立てられることこそなかったものの、恋歌に頻出する歌ことばを詠んだ歌を類聚したものとおぼしいのである。

ここで具体例として、「あはれ」を詠み込んだ歌群四首を掲げよう。

①あはれをばなげのことばといひながら思はぬ人にかくるものかは　（二一四六）

②心なき草木なれどもあはれとぞ物思ふときの目には見えける　（二一四七）

③あはれてふことなかりせば言ふべきを何にたとへて恋ふと知らせん　（二一四八）
④あはれてふことに《マ》わびか《マ》よあるものを人に知らるる涙なりけり　（二一四九）

①に「あはれをばなげのことばといひながら」、③・④に「あはれてふこと」とあるように、これらの歌からは「あはれ」という「ことば」それ自体への関心が読み取れよう。もとより、従来様々に議論がなされてきたように、「あはれ」は『源氏物語』を読み解くうえでも重要な鍵語であった。紙幅の都合上、『源氏物語』における「あはれ」についての議論を再検討することは避けたいが、柏木へ「なげのあはれ」をかけることをも拒む女三の宮のあり方は、右掲の①歌のような発想によって規定されたものであるとの指摘もある。[9] このような事例はまさに、『源氏物語』の恋物語の発想の背景に『古今六帖』《恋》の存在があったことを示唆するものと考えられよう。それは換言すれば、同集《恋》にみえる恋の歌ことばの表現が、『源氏物語』の散文表現につながっているということである。

なお、《恋》の中の九番目の項目〈ないがしろ〉は、唯一、所載歌に項目名（「ないがしろ」）を詠み込んだ歌を載せない項目であるが、これは相手を軽んじる態度を示す歌を集めたもので、〈恨み〉と対照的なあり方を示すものといえよう。それゆえ、〈恨み〉〈恨みず〉との連続性を重んじて、当該の箇所に〈ないがしろ〉が位置づけられたものと考えられる。

以上みてきたように、第四帖《恋》では、原則として恋に関連する重要な歌ことばに着目して項目を立てており、第五帖《雑思》では、恋の様々な段階・状況・局面に基づき項目を立ていると考えられる。つまるところ両者はまったく異なる観点によって恋歌を分類したものであり、それゆえ《恋》と《雑思》とは別々の部として立てられる必要があったとみられるのである。

三　面影の和歌表現史

前節までで、第四帖《恋》と第五帖《雑思》の差異を明確にしたうえで、《恋》が、恋の重要な「歌ことば」を基準として和歌を類聚していることを論じてきた。

その一方で、《恋》で類聚された歌ことばは、和歌的表現として『源氏物語』に享受されたとみられ、その様相は特に〈面影〉項に如実に表れているとおぼしい。というのも、『万葉集』の成立以後から一一世紀初頭頃までの「面影」の用例数は、当該期の古典作品中『古今六帖』と『源氏物語』のみが突出しており、両者の間に深い関係があったことが想定されるからである。そこで本稿では、〈面影〉を例にとり、『古今六帖』《恋》が『源氏物語』の叙述に与えた影響を考察したい。それに先立って本節では『古今六帖』〈面影〉項の所載歌に検討を加えることとする。まず、諸先学(10)による先行研究の成果に導かれながら、「面影」の和歌表現史を簡単に辿っておこう。

そもそも「面影」は既に『万葉集』にみられる語で、同集には「面影」を詠んだ歌が一四首みえる。例えば「夕されば物思ひまさる見し人の言問ふ姿面影にして」（万葉・四・六〇二）は、笠女郎が大伴家持の「言問ふ姿」を「面影」に見ると詠んだ相聞歌である。このように『万葉集』では多く相聞歌に「面影」の語が詠み込まれたのであった。

しかし平安朝には、「面影」の語は積極的に歌に詠まれたわけではなかった。『古今六帖』第四帖《恋》に〈面影〉という項目が立項され、一三首の歌が採録されたのはむしろ特異な事例で、(11)勅撰集でいえば、『古今集』から『千載集』までの七代の集には「面影」の用例は合計で一五例しかない。勅撰集で「面影」が注目されたのは『新古今集』に至ってのことで、同集では一九首もの「面影」詠が採録された。「面影」の妖艶な美が、新古今時代の歌人らの美意識に合致したのであろう。

一方で一一世紀初頭頃までの仮名散文作品における「面影」の用例に目を転じると、『伊勢物語』に三例（いずれも和歌）、『多武峯少将物語』に二例（うち一例は長歌）、『源氏物語』に三四例がみえるが、その他の作品――例えば『竹取物語』『落窪物語』『うつほ物語』や『土佐日記』『蜻蛉日記』『和泉式部日記』など――に、「面影」の語の用例はまったくみえない。『源氏物語』における「面影」の用例数の多さには目を見張るものがある。

以上の先行研究の整理をふまえたうえで、「面影」の表現史における『古今六帖』の役割について、あらかじめ稿者なりの見通しを述べておきたい。「面影」の語は、『万葉集』の相聞歌に頻出したにもかかわらず、三代集の恋歌ではほとんど取り上げられることがなかったが、一〇世紀後半に成立した『古今六帖』によって恋歌の重要な歌ことばとして再評価されるに至った。しかしながら『古今六帖』の成立後も、和歌の世界では長らく「面影」の語が注目されることはなく、一方で物語の世界では『源氏物語』によって「面影」の語が繰り返し用いられた。この『源氏物語』における「面影」偏重の背景に、『古今六帖』〈面影〉の存在があったのではないか、というのが稿者の見立てである。

さて、この問題を考えるにあたり、〈面影〉の所載歌一三首すべてに検討を加えてみよう。

⑤目離るとも思ほえなくに忘らるるときしなければ面影にたつ
（二〇六一／伊勢物語・四六段）

⑥我背子が面影山のさかゐまに我のみ恋ひて見ぬはねたしも
（二〇六二／出典未詳）

⑦目をさめて隙より月をながむれば面影にのみ君は見えつる
（二〇六三／陽成院親王二人歌合・寝覚恋・一三）

⑧陸奥の真野の萱原遠けれど面影にしみ《ママ》見えつるものを
（二〇六四／万葉・三・三九六・笠女郎）

⑨見しときと恋ひつつをれば夕暮の妹がし《マ》みか《マ》を面影に見ゆ

（二〇六五／古今・墨滅歌・一一〇三・紀貫之）

⑩灯火の影にかがよふうつせみの妹が面影こお《マ》風《マ》ゆ

（二〇六六／万葉・十一・二六四二・作者未詳）

⑪白妙の衣手交へで我待つとあるらん君は面影に見ゆ

（二〇六七／万葉・十一・二六〇七・作者未詳）

⑫咲かざらむものとはなしに桜花面影にのみまだき見ゆらん

（二〇六八／亭子院歌合・凡河内躬恒）

⑬夢にても見ゆとは見えじ朝な朝な我が面影に恥づる身なれば

（二〇六九／古今・恋四・六八一・伊勢）

⑭面影は水につけても見えずやは心に乗りて焦がれしものを

（二〇七〇／伊勢Ｉ・三二五）

⑮心にや乗りて恋しき近江てふ名はいたづらに水影もせで

（二〇七一／伊勢Ｉ・三二六）

⑯夕暮は物思ひまさる見し人の言問ひし顔面影にして

（二〇七二／万葉・四・六〇二・笠女郎）

⑰かくばかり面影にのみ思ほえばいかにかもせん人目しげくて

（二〇七三／万葉・四・大伴家持）

右の一三首から読み取れる「面影」詠の特色を、稿者なりに整理しよう。複数の歌に共通して見られる歌の発想としては、(A)恋しい人が面影に見える⑤・⑥・⑦・⑨・⑪・⑯・⑰、(B)恋人の姿や顔かたちが鮮明に面影に見える⑪・⑯、(C)夕暮の時間帯に面影が見える⑨・⑯、(D)相手を恋い慕うと相手が自分を面影に見る⑭・⑮、などが挙げられようか。一首のみにみえる特徴的な発想としては(E)月をながめながら恋人を面影に見る⑦、(F)自身の面影を恥じる⑬、が挙げられる。特に(F)の、自分自身の容姿を面影と称する詠みぶりは当該歌に独自のもので興味深い。

ここで注目されるのは、当該の一三首のうち五首までもが万葉歌であり、勅撰集歌が極めて少ないことである。先述したようにその背景には、もともと勅撰集に「面影」の語を詠んだ歌がほとんど採録されていない事実があった。三代集でいえば、『古今集』に二首(うち一首は⑨の墨滅歌)、『後撰集』に三首、『拾遺集』に三首しか採歌されておらず、そのうち恋部に配された歌は『古今集』の一首しかない。しかも恋部に配された一首とは先掲の⑬であり、これは、自身の容色を「面影」と称するという極めて特異な詠歌なのであった。

つまるところ三代集では、(A)のような、恋しい人を面影に見るという恋歌はほとんど見受けられないのである。一方で『古今六帖』はそのような面影詠を『万葉集』などの多様な歌集から拾い上げて、恋人への思慕の感情に輪郭を与え、恋情を具象化する「歌ことば」としての面影のあり方を提示したのであった。特に、（B）の恋人の姿や顔かたちが鮮明な面影に見えるとの発想――例えば⑪では、衣手を交わさず「我」を待っている恋人の姿が、⑯では恋人が声をかけてくれた顔が面影に見えたとある――は、万葉歌に特徴的なものといえよう。

もとより先行研究では、『古今六帖』の項目が三代集時代の歌ことばの表現類型を示す機能を有していることが指摘されてきた。[12] 稿者もこの見方におおよそ従いたいが、さらにいえば『古今六帖』は、同集なりに歌ことばというものの範疇とありようとを示そうとしたものではあるまいか。すなわち、「面影」のような、平安朝には必ずしも重視されていなかった語を拾い上げ、それを歌ことばとして提示することもまた、『古今六帖』の重要な機能の一つであったとおぼしいのである。

四　古今六帖〈面影〉から源氏物語へ

先述のように『源氏物語』には「面影」の用例が三四例あり、うち三二例が散文中の用例である。夙に廣田收氏[13]は、『源氏物語』における「ゆかり」について論じるなかで、「「面影」はゆかりを導く視覚的な媒介である」と述べた。実に注目すべき指摘で、『源氏物語』中で「面影」が看過できない鍵語であることが改めて想起される。

興味深いのは、『源氏物語』における「面影」の用例の大半が、離れた場所にいる恋しい人〈故人を含む〉への恋情を表出する表現として用いられていることである。このような「面影」の用法は、まさしく『古今六帖』〈面影〉項によって提示されたものではなかったか。そしてまさに、『源氏物語』における「面影」の用例をつぶさにみてゆくと、そこには『古今六帖』〈面影〉項にみる歌ことば「面影」のあり方が如実に反映しているとおぼしいのである。以下、具体例に即してこの問題について考えてみたい。

最初に掲げるのは、野分立った夕暮に、桐壺帝がありし日の桐壺更衣の姿を思い出して悲しみに暮れる場面（ア）である。これは作中屈指の名文と評されてきた箇所でもある。

（ア）野分だちて、にはかに肌寒き夕暮のほど、常よりも思し出づること多くて、靫負命婦といふを遣はす。

夕月夜のをかしきほどに出だし立てさせたまひて、やがてながめおはします。かうやうのをりは、御遊びなどせさせたまひしに、心ことなる物の音を掻き鳴らし、はかなく聞こえ出づる言の葉も、人よりはことなりしけはひ容貌の、面影につと添ひて思さるるにも、闇の現にはなほ劣りけり。（桐壺①二六頁）

ここで注目したいのは、帝が、更衣が琴を弾いたり話したりしたときの「けはひ容貌」をまざまざと「面影」に見たこと、しかも時間帯が「夕暮」であったことである。これはまさに、

『古今六帖』〈面影〉項にみた歌ことば「面影」のありよう（先述のA・B・C）と合致しよう。特に次の一首は、この場面全体の情緒を規定するかのような趣である。

⑯夕暮は物思ひまさる見し人の言問ひし顔面影にして　（二〇七二）

（ア）の傍線部にあるように、帝は「にはかに肌寒き夕暮のほど、常よりも思し出づること多く」という有様だったが、これはまさに⑯の初二句「夕暮は物思ひまさる」と一致し、更衣の「はかなく聞こえ出づる言の葉も、人よりはことなりしけはひ容貌」が面影に添うように思われるのは、⑯の第三句以降「見し人の言問ひし顔面影にして」と一致する。

また二重傍線部の、帝が「夕月夜のをかしきほどに」「やがてながめおはします」という叙述は、次の一首を髣髴とさせるものがある。

⑦目をさめて隙より月をながむれば面影にのみ君は見えつる　（二〇六三）

以上見てきたように、夕暮にありし日のことを思い出し、夕月夜の美しい頃に物思いにふけりつつ、更衣の面影を幻視する帝の描写の背景には、『古今六帖』⑦や⑯のような和歌的表現が存したと考えられよう。

ところで従来指摘されてきたとおり、波線部の「闇の現にはなほ劣りけり」は、「むばたまの闇の現はさだかなる夢にいくらもまさらざりけり」（古今・恋三・六四七／古今六帖・恋・夢・二〇三四）の引歌表現である。ただし、当該歌があくまでも「闇の現」と「さだかなる夢」を対比したものであったのに対し、桐壺巻では「闇の現」と「面影」が対比されていることには留意が必要だろう。和歌では大抵の場合「現」と対比されるのは「夢」であり、「現」と「面影」とが対比されることはほとんどなかったからである。(14)

にもかかわらず当該場面で「面影」と「闇の現」が対照されているのは、『源氏物語』の新たな発想であったと評せようが、そのような表現が可能となった背景には、『古今六帖』《恋》の項目配列の影響があったのではあるまいか。というのも、《恋》では〈面影〉項が〈夢〉項に連続して配されており、その配列で歌を読んでいくと、自ずと「夢」と「面影」との共通点と相違点とが浮き彫りになるような構造になっているのである。『古今六帖』《恋》の中の個々の所載歌のみならず、《恋》の配列構造そのものが、『源氏物語』の叙述に深い影響を与えたものと考えられよう。

さて、右の（ア）の場面以外にも、『古今六帖』〈面影〉項にみた（A）（B）の発想に基づく場面、すなわち恋しい人の姿かたちを鮮明に「面影」に見るという場面は散見する。

（イ）かのありし院にこの鳥の鳴きしをいと恐ろしと思ひたりしさまの面影にらうたく思し出でらるれば、……（夕顔①一八七頁）

（ウ）さて、うちしめり、面痩せたまへらむ御さまの、面影に見たてまつる心地して思ひやられたまへば、げにあくがるる魂や行き通ふらむなど、……（柏木④二九五頁）

（イ）は、亡き夕顔の様子を源氏が面影に見る場面。（ウ）は、憔悴した柏木が、女三の宮を面影に見る心地がする場面である。いずれも単に恋しい人を面影に見るというだけではなく、散文の物語ならではの切迫した状況に基づく心情描写となっているといえよう。例えば（イ）では、源氏が、ふと耳にした鳥の鳴き声を契機として、かつて夕顔とともにその鳥の鳴き声を聞いた折の彼女の面影を思い出したと描かれており、（ウ）では、柏木自身が女三の宮の面痩せた姿を見たわけではないにもかかわらず、それが面影に浮かぶ心地がすると描かれている。（イ）や（ウ）にみられる「面影」のあり方は、『古今六帖』〈面影〉項にみた（A）（B）のような和歌的発想と根本で共通するものである。しかし、聴覚によって記憶が呼び覚まされて面影が見えるとの叙述や、実際に見たことがあるわけではない人の姿を面影に見るとの叙述は、物語であればこそ可能となったものであった。

また、物語終盤の浮舟巻では、浮舟が匂宮を面影に見る場面が二度にわたって描かれるが、当該箇所における面影の描写はさらに複雑なものとなっている。

（エ）そなたになびくにはあらずかしと思ふからに、ありし御さまの面影におぼゆれば、我ながらも、うたて心憂の身やと思ひつづけて泣きぬ。（浮舟⑥一四四頁）

（オ）わが心にも、それこそはあるべきことにはじめより待ちわたれ、とは思ひながら、あながちなる人の御事を思ひ出づるに、恨みたまひしさま、のたまひしことども面影につと

そひて、……　（浮舟⑥一五七頁）

（エ）・（オ）はともに、浮舟が恋人（匂宮）のことを面影に見る描写である。特に（オ）では匂宮の具体的な姿が描かれており、これは先述の（A）（B）の発想と合致するものである。

注目されるのは、（エ）では、匂宮になびいてよいわけがないと「思ふからに（思うやいなや）」、匂宮の姿が面影に見えたとあり、また（オ）では、薫に迎え取られることこそが筋であり待ち望んでいたこと、とは「思ひながら」、なお匂宮のことを思い出してしまい、その姿や口ぶりが面影に添った、とあることである。すなわちこの両場面では、匂宮にはなびくまいと思う意に反して、否応なしに匂宮の面影が見えてしまう、浮舟の心の微妙な揺れ動き、乱れが鮮やかに描出されているのである。

このような複雑な心境を三十一文字の和歌で表すことは困難で、散文の物語なればこそ可能となった表現といえよう。ただし、繰り返しになるが、『源氏物語』においてこのように、複雑かつ美しい「面影」の恋物語を描くことが可能となったのは、『古今六帖』による歌ことば「面影」の錬磨があったからこそのことだったと思われるのである。

おわりに

以上、『古今六帖』の《恋》における恋歌類聚の論理・方法に検討を加えたうえで、それが『源氏物語』の恋物語の描写にいかにふまえられているかについて考察してきた。《恋》の諸項目は、恋歌に頻出する語を列挙し、それを歌ことばとして再定義して定着させる機能を有していたと思われる。特に、『万葉集』を中心とする多様な出典から歌を選び出し、「面影」の語の恋歌での詠み方を示した『古今六帖』の働きは刮目すべきものであろう。その意味で同集は、いわば「歌ことば辞典」のごとき機能をも有していたといえる。

本稿では、そのような『古今六帖』《恋》のあり方について〈面影〉を例に検討を加え、〈面影〉が、『新古今集』などの後世の和歌ばかりではなく『源氏物語』の叙述にも大いに影響を与えた可能性について論じてきた。『古今六帖』〈面影〉が示した、恋しい人の姿かたちの鮮明な像としての「面影」のあり方を受けて、『源氏物語』はさらにそれを、恋愛関係にある男女の複雑な関係性を際立たせる具として用いたのである。これは、『源氏物語』による『古今六帖』享受の様相を端的に示す、注目すべき事例の一つといえるだろう。

『古今六帖』の本文は永青文庫本（『細川家永青文庫叢刊　古今和謌六帖　上・下』（汲古書院・一九八二〜一九八三年））に拠った。また勅撰集の引用は『新編国歌大観』に、『万葉集』は『万葉集　本文編』（塙書房、一九九八年）に、『源氏物語』は『新編日本古典文学全集』に拠ったが、適宜私に表記を改めた。

注

（1）項目数には諸伝本間で異同があり、一つの伝本の中でも目録と本文の間で相違している場合がある。

（2）高木和子「『古今六帖』による規範化―発想の源泉としての歌集」（初出二〇〇三年、『源氏物語再考　長編化の方法と物語の深化』岩波書店、二〇一七年）、藪葉子『『源氏物語』引歌の生成―『古今和歌六帖』との関わりを中心に』（笠間書院、二〇一七年）、藤本宗利『枕草子研究』（風間書房、二〇〇二年）など。

（3）田中智子「古今和歌六帖と実方集―古今和歌六帖の享受の様相―」（『言語文化』一五、二〇一七年一二月）

（4）小町谷照彦「古今六帖を読む―王朝歌語の追求―」（『国文学』三四―一三、一九八九年一一月）

（5）例えば部類名家集本『兼輔集』の恋部には「不被知」「被知」「会」「会後」の部類がみえるのみである。歌合では、一一世紀中頃までは、単なる「恋」という題、あるいは「不会恋」「会恋」の二分類の題が主流であった。

(6) 宇佐美昭徳「恋歌の分類意識」(『古今和歌集論―万葉集から平安文学へ』笠間書院、二〇〇八年)

(7) 田中智子「古今和歌六帖「雑思」の配列構造―古今和歌集恋部との比較を中心に―」(『中古文学』一〇一、二〇一八年五月)

(8) 項目の末尾にある、「人の心をいかが頼まむ」を下の句に据えた連作歌四〇首を含む。

(9) 高田祐彦「古今・竹取から源氏物語へ―「あはれ」の相関関係―」(初出一九九六年、『源氏物語の文学史』東京大学出版会、二〇〇三年)

(10) 村田理穂「「面影」の系譜―万葉から新古今時代まで―」(『国語国文学研究』二一、一九八六年二月)、「続「面影」の系譜」(同二三、一九八七年九月)を中心に、犬飼公之『影の古代』(おうふう、一九九一年)、『影の領域』(同、一九九三年)、菊川恵三「面影と夢」(『国語と国文学』八四―一一、二〇〇七年一一月)を参照した。

(11) なお『古今六帖』では〈面影〉以外の項目に「面影」を詠んだ歌が九首採られている。

(12) 鈴木宏子「古今和歌六帖の史的意義」(初出二〇〇七年、『王朝和歌の想像力―古今集と源氏物語―』笠間書院、二〇一二年)

(13) 廣田收「源氏物語における「ゆかり」の様相―面影・男のゆかり―」(『日本文学』二八―一〇、一九七九年一〇月)。なおその他の『源氏物語』における「面影」論としては西野翠「源氏物語「面影」論―「明石」巻における「面影そひて」をめぐって―」などがある。

(14) 「夢」と「面影」がそれぞれどのように和歌(特に『万葉集』)に詠まれたかについては、

注10菊川論文に詳しい。

［付記］本稿は科学研究費補助金研究活動スタート支援「『古今和歌六帖』の万葉歌に関する基礎的研究」（課題番号17H07292）（二〇一七〜二〇一八年度）による研究成果の一部である。

II

源氏物語

朧月夜の出仕と尚侍就任

山口一樹

はじめに

朧月夜は、花宴巻において、東宮参入を目前に控えていながら、光源氏と関係を持ってしまう。その後、葵巻に至り、朱雀帝が即位してからは、御匣殿に就いていたらしい。光源氏との縁談も生じていたようだが、弘徽殿大后は、朧月夜の出仕を継続させる。それにより、賢木巻の桐壺院崩御後、朧月夜は尚侍に任ぜられるものの、依然光源氏と通じてゆく。この朧月夜の尚侍就任について、先行研究では、尚侍が帝以外の男性と通じることは罪にあたるのか議論されたのち(1)、女君の尚侍としての性格が、史実上の尚侍の性格とどのように関わっているのかが検討されてきた。また、史実との関係が追究される一方で、朧月夜の出仕にいかなる政治的な意義が認められるのか、という問題についても、考察が進められている。

まず後藤祥子氏は、朧月夜の尚侍就任について、物語成立期の尚侍藤原綏子（兼家女）との関係から、后への移行を目指すものと論じた。(2) 後藤氏は、綏子の時代に至って尚侍の性格が変化し、「よくすれば皇妃にもという願いが託された」ことを指摘する。そのうえで、朧月夜を尚侍に就けた右大臣方にも、「やがて皇妃への下心（強調は原文ママ）」を読み取り、玉鬘を含む作中の尚侍の性格については、「古くとも二十年を遡る尚侍像ではない」と結論づけた。以後、後藤氏の理解は、日向一雅氏や、加納重文氏の論にも踏襲されている。(3)

一方、山中和也氏は、後藤氏の論に対し、朧月夜と綏子の相違を指摘している。(4) 朧月夜の場合、すでに光源氏との艶聞が広まっているため、「仮に朱雀帝の後宮に入ったとしても、正式な皇妃の道を進むことは極めて難し」く、東宮妃が尚侍を兼帯する事例でもないことから、「綏子の明るい可能性を朧月夜に適用する事は余り意味がない」と説くのである。賢木巻巻末の右大臣と弘徽殿大后の対話には、「かく本意のごとく奉りながら、なほその憚りありて、うけばりたる女御なども言はせはべらぬをだに飽かず口惜しう思ひたまふるに」（賢木②一四七頁）などとあり、物語の叙述に即しても、朧月夜が正式な后妃になり得ない状況であったことは確認できる。朧月夜の尚侍としての性格は、綏子の性格と完全には重ならないといえる。なお、『栄花物語』とりべ野巻や『大鏡』地巻・一太政大臣兼家では、綏子が源頼定に通じていたという逸話が伝えられており、朧月夜との共通点として注目される。(5) しかし、『栄花物語』

や『大鏡』は『源氏物語』成立後の作品であるため、綏子の逸話が朧月夜の物語の影響下にある可能性も想定される。そのため、朧月夜の尚侍としての性格を検討するうえで、綏子の逸話を取り上げることには慎重でありたい。

こうしてみると、弘徽殿大后は、后妃になる途が絶たれているにも拘わらず、朧月夜を出仕させ続けたことになる。この弘徽殿大后の判断については、政治的に誤っているとみる立場も存在したが、(6)近時、高橋麻織氏によって、政治的な意義が捉えなおされている。(7)高橋氏は、出仕の継続によって「もし朧月夜に皇子が生まれていたら、弘徽殿大后と右大臣家という強力な後見体制からして、次の東宮に立てられていたことは間違いない」として、「弘徽殿大后は「中宮」（＝妻后）ではなく「皇太后」（＝母后）を右大臣家から輩出することを重視」していたと論ずる。弘徽殿大后が朧月夜を出仕させ続けるのは、皇子の誕生に眼目があったものと理解できよう。

本稿は、朧月夜が出仕することの政治的な意義や、朧月夜の尚侍就任後の性格について、山中氏と高橋氏の成果を引き受けながら、より具体的な検討を加えるものである。それによって、朧月夜の出仕と尚侍就任について、物語展開上の機能や物語史における位相を再検討したい。まず朧月夜の出仕については、弘徽殿大后の判断が『枕草子』の内容と通じることに注目し、物語成立期の価値観から逸脱したものでないことを指摘する。また、朧月夜の場合は、皇子を産む可能性が見込まれるだけでなく、近親者の後見役たり得る点にも、政治的な意義が認められることを論じる。そのうえで、朧月夜が出仕し続けることと、紫の上が光源氏の妻妾関係においてて安定した立場を築くこととの関連について考察したい。次に朧月夜の尚侍としての性格については、物語成立期に近い史実上の尚侍ではなく、『うつほ物語』俊蔭女の性格と共通することを確認する。朧月夜の造型について、先行物語の尚侍の型を踏襲したものと考えたうえで、賢木巻以後の物語展開における機能を辿り直し、朧月夜の物語では、女君が帝以外の男君との関係を後悔する点に、独自な性格がみられることを指摘する。

一　朧月夜の出仕

葵巻において、右大臣は、朧月夜を光源氏と結婚させようかと考える。それに対し、弘徽殿大后は、光源氏との縁談を拒み、朧月夜の出仕を継続させる。

いと憎しと思ひきこえたまひて、宮仕もをさをさしくだにしなしたまへらば、などかあしからむと、参らせたてまつらむことを思しはげむ。（葵②七五～六頁）

「いと憎し」とあるとおり、弘徽殿大后が光源氏との縁談を拒むのは、私怨によるところが大きい。その点からすれば、弘徽殿大后は、朧月夜の進退を感情的に決定したかのようにもみえる。しかし、弘徽殿大后は、女君の出仕の継続と昇格に何らかの意義を認めてもいる。この弘徽殿大后の心情と共通する価値観は、『枕草子』にも見いだせる。

生ひさきなく、まめやかに、えせざいはひなど見てゐたらむ人は、いぶせくあなづらはしく思ひやられて、なほ、さりぬべからむ人のむすめなどは、さしまじらはせ、世のありさまも見せならはさまほしう、内侍のすけなどにてしばしもあらせばやとこそおぼゆれ。（五六頁）

『枕草子』二十二段では、平凡な結婚を「えせざいはひ」としたうえで、「さりぬべからむ人のむすめなどは、さしまじらはせ、世のありさまも見せならはさまほしう」と、出仕によって世情に通じるべきであることが記されている。また後代の『更級日記』では、「宮仕人はいと憂きこととなり」と考える母親が「古代の親」とされており（三二四頁）、出仕を否定的に捉える価値観を古いものとする認識が伺える。ここでは、周囲の人々が「今の世の人は、さのみこそは出でたて。さてもおのづからよきためしもあり」などと言い（三二五頁）、出仕を勧めていることにも触れられている。『源氏物語』が成立した一条朝は、高貴な女性の出仕が増加し、女房となる女性の階層が拡大した時代である。(8) そのような社会状況を嘆かわしいものとする見方が存在する一方で、(9) 女性が出仕することを肯定的に捉える価値観も生じていたのだと考えられる。

弘徽殿大后は、光源氏との縁談を拒むうえで、出仕することに結婚とは異なる意義を認めている。その論理は、女性の出仕を肯定する価値観に通底するものであったといえる。物語成立期において、弘徽殿大后の判断は、一面では、理に適うものとして受け取られ得たと想定される。

無論、朧月夜の出仕は、『枕草子』に推奨されるような、世情に通じることを目的とするのではない。前掲の高橋氏が指摘するとおり、朧月夜が帝に近侍し続ければ、皇子の誕生が見込まれ、所生の皇子を東宮に押し上げることも不可能ではなかった。それに加えて、従来注目されてこなかったが、後の場面において、朧月夜が近親者の後見役を担っていることも取り上げたい。

一　院の御絵は、后の宮より伝はりて、あの女御の御方にも多く参るべし。尚侍の君も、かやうの御好ましさは人にすぐれて、をかしきさまにとりなしつつ集めたまふ。（絵合②三八五頁）

二　「右衛門督の下にわぶなるよし、尚侍のものせられし、その人ばかりなむ、位などいますこしものめかしきほどになりなば、などかはとも思ひよりぬべきを」（若菜上④三六頁）

まず絵合巻における冷泉帝の御前の物語絵合では、姪の弘徽殿女御に絵を提供している。朧月夜は、女官として冷泉帝の後宮に出仕し続けている。そのなかで、血縁関係にある后の支援を行っているものと理解できる。また若菜上巻では、女三宮の婿候補として、甥の柏木を朱雀院に推薦していたようである。葵巻以後も帝に近侍し続け、親密な関係性を築いていたために、婿選びにも口利きすることができたのだといえる。

朱雀帝の後宮には、朧月夜の姪にあたる麗景殿女御が入内している（賢木②一二五頁）。弘徽殿を譲渡するなど、弘徽殿大后の後見が功を奏したことで、朧月夜は、他后に優る帝寵を得る（賢木②一〇一頁）。しかし、仮に朧月夜が帝から寵愛されなかったとしても、絵合巻の弘徽殿女御との関係のように、麗景殿女御の後ろ盾としての立場に移行することも可能であったと考えられる。

すなわち、短期的には、皇子の誕生が見込まれ、長期的には、近親者の後見役になり得る、という点において、朧月夜の出仕は、政治的な意義を有するものであったといえる。

ここで注目されるのは、朧月夜の出仕は、光源氏の妻妾関係において、紫の上が確固たる地位を築くことにもつながっている点である。葵巻において、弘徽殿大后が出仕を継続させたことで、朧月夜と光源氏の結婚は回避される。それ以前の段階では、葵の上が亡くなっており、六条御息所も、やがて娘の斎宮とともに伊勢へ下向してゆく。朧月夜の出仕によって、有力な妻および妻候補の女君と光源氏の関係は、大方解消したことになる。そのなかで、紫の上だけが光源氏との関係を保持し、安定した立場を築き上げてゆく。

朧月夜の出仕は、物語成立期の価値観や、政治的な文脈からみれば、一定の妥当性を認められるものであった。それにより、光源氏との関係において紫の上が安定した立場を獲得する展開も、予定調和な印象になることを免れているといえる。

二　朧月夜と俊蔭女の共通性

弘徽殿大后が朧月夜の出仕を継続させたのち、桐壺院が崩御する段階に至ると、朧月夜は、尚侍に任ぜられる。

御匣殿は、二月に尚侍になりたまひぬ。院の御思ひに、やがて尼になりたまへるかはりなりけり。やむごとなくもてなして、人柄もいとよくおはすれば、あまた参り集まりたまふ中にもすぐれて時めきたまふ。（賢木②一〇一頁）

朧月夜は、前任者の欠員を補う形で尚侍に就いた。就任後は、他后に優る帝寵を受けているのだという。ただし、はじめに確認したとおり、朧月夜が妻后になる途は絶たれている。その点において、朧月夜の性格は、物語成立期の綏子の性格と重ならない。一方、加納重文氏によれば、綏子以前の尚侍は、平城朝から嵯峨朝まで在任した藤原薬子の場合を例外として、天皇との「性愛的な状況はほとんど考慮外」であったという。(10) 藤原薬子を除く綏子以前の尚侍について、天皇と実事がなかったのかは判断し難いものの、史料上では寵姫として叙述されていない。史料に即して、朧月夜の性格に重なる尚侍を見出そうとするのであれば、物語成立期より も二〇〇年程遡ってしまうことになる。

ここで注目されるのは、朧月夜と『うつほ物語』俊蔭女との共通性である。すでに山中氏に言及されるとおり(11)、俊蔭女も朱雀帝から厚い想いを寄せられていた。

「よし、行く末までも、私の后におもはむかし。時々、なほ参り給へ。御息所は、願ひに従ひて、清涼殿をも譲り聞こえむ。みづからは屋陰に住むとも、御願ひの所はものせむ。」

（内侍のかみ、四三六頁）

俊蔭女は、相撲節会の後、帝の御前で琴を演奏し、その功によって、尚侍に任ぜられた。朱雀帝は、俊蔭女に対し、宮中の曹司として清涼殿をも差しだそうと述べる。実際に譲渡するとは考えがたいものの、他后妃にも優る待遇で迎えようとする姿勢が表れている。一方、俊蔭女を「私の后」と呼んでいる点からは、女君に寄せる想いの深さとともに、正式な后妃として扱えない現実も伺うことができる。俊蔭女は、すでに兼雅と婚姻関係を結んでいるのであった。

朧月夜も俊蔭女も、参内以前に、帝以外の男君と関係を持っていた。その尚侍就任には、后の立場の代償としての側面が認められる。また女君が、女官の立場にありながら、他后に優る帝寵を受けている点も共通する。ただし、両者の間には、表現上の符号が見出せず、就任経緯などの点においては相違する。(12) そのため、朧月夜の物語が、俊蔭女の物語から直接的な影響を受けていた、とは断言できない。しかし、両作品の共通性に注目すれば、史実とは異なる次元で、物語文学には、尚侍の造型の系譜が存在したことも想定できる。すなわち、尚侍とは、后にはなれないが、帝寵深い女君に与えられる官職である、といった発想である。そのような物語の尚侍の型を、朧月夜の物語は、一面で踏襲しているのだと考えられる。

俊蔭女が尚侍となり、他后を凌ぐ地位を築いたことは、俊蔭巻の俊蔭の遺言が半ば実現したことを表すとともに、次巻沖つ白波巻における仲忠の女一宮降嫁を必然化するものとして機能している。(13) 朧月夜の尚侍としての性格は、賢木巻以後の物語展開とどのように関わっているのだろうか。まず、光源氏との関係に注目して叙述を辿り直したい。

朧月夜が尚侍に就き、帝の寵姫になることは、光源氏が朧月夜との恋に奔走する展開を導いている。尚侍就任後、光源氏は、「例の御癖なれば、今しも御心ざしまさるべかめり」（賢木②一〇一頁）と、朧月夜への想いを募らせる。葵巻において、朧月夜が出仕を継続した場面では、「口惜しとは思せど、ただ今は異ざまに分くる御心もなくて」（葵②七六頁）と、紫の上の方に愛情を寄せていた。朧月夜が寵姫となり、関係すべきでない対象に変わったことが、光源氏の「癖」を掻き立てたといえる。

光源氏が朧月夜との恋に進むことは、須磨退去の発端となる。しかし、先行研究に指摘されるとおり、[14]朧月夜との恋は、朱雀朝の伸長を抑え、冷泉帝即位の途を拓くことにもつながる。朧月夜は、密通露顕後、後宮に復帰してからも、「なほ心にしみにし方ぞあはれにおぼえたまひける」（須磨②一九七頁）と、光源氏に想いを寄せ続けている。光源氏が朧月夜を魅了し続けることは、朱雀帝と朧月夜の間に皇子が誕生しない展開を必然化する。結果として、光源氏は、朧月夜との恋によって、現東宮の立場に危険が及ぶことを防いでいるといえる。

一方、朧月夜は帝の寵姫でありながら、女官の立場に留まる。後藤祥子氏や日向一雅氏が指摘するとおり、[15]このあり方は、光源氏が須磨退去から再起する余地を生じさせる。朱雀帝は、朧月夜と光源氏の関係を察していながら、「ありそめにけることなれば、さも心かはさむに、似げなかるまじき人のあはひなりかし」（賢木②一二四頁）と自らを納得させて、看過している。女官である尚侍の場合は、帝以外の男君との関係が許容され得る。[16]そのために光源氏と朧月夜の関係が帝に露顕しても、流罪に処せられる等、決定的な破滅には直結しない。光源氏の須磨下向は、自主的な退去の体で行われ、政治状況の変動によっては、帰京する可能性が残されることになる。

女官であり寵姫でもある、という朧月夜の尚侍としての性格は、物語の尚侍の型を踏襲しており、賢木巻以後の物語で、最終的には光源氏が栄華を極める展開を実現させていると考えられる。

三　朧月夜の後悔

次に、朧月夜の尚侍としての性格と物語展開との関係について、朧月夜の心情の変化に注目して検討したい。女官でありながら寵姫でもあることは、朧月夜自身が、朱雀帝との交渉のなかで、光源氏との関係を見つめ直してゆく展開も促している。また、その心情描写は、先行物語の尚侍と異なる独自なものとして位置づけられるように思われる。

まず、朧月夜が女官であることは、光源氏の再起の余地を生じさせるだけでなく、朧月夜が後宮に復帰する展開も実現させている。右大臣邸での密通露顕後、朧月夜は、参内を停められていた。しかし、右大臣から赦免するよう嘆願され、朱雀帝は、「限りある女御、御息所にもおはせず、公ざまの宮仕と思しなほり」（須磨②一九六―七頁）と、后とは異なる公的な女官であると考え直し、再出仕を許す。女官である尚侍の場合は、密通露顕後も後宮に居続けることが容認され得るのである。

その後、朧月夜が朱雀帝から他后妃に優る寵愛を受けていたことは、朧月夜に対する朱雀帝の執着を必然のものとする。それによって、朧月夜にも心情の変化をもたらしてゆく。朱雀帝は、「今まで御子たちのなきこそさうざうしけれ」（須磨②一九八頁）、「などか御子をだに持たまへるまじき」（澪標②二八一頁）と、朧月夜との間に、皇子が産まれていないことを繰り返し嘆く。朱雀帝が、朧月夜への執心をあらわにしてゆくことで、朧月夜も、過去の行いを省みるようになる。

御容貌などなまめかしうきよらにて、限りなき御心ざしの年月にそふやうにもてなさせたまふに、めでたき人なれど、さしも思ひたまへらざりし気色心ばへなど、もの思ひ知られたまふままに、などてわが心の若くいはけなきにまかせて、さる騒ぎをさへひき出でて、わが名をばさらにもいはず、人の御ためさへ、など思し出づるにいとうき御身なり。（澪標②二八一頁）

朧月夜は、朱雀帝と光源氏のいずれに対しても、外見の魅力を認めている。しかし、朱雀帝が年月につれ、愛情を募らせていくようであるのに対し、光源氏には、それほどの切実さが見られなかったと気づく。朱雀帝の熱烈な姿勢に触れたことで、光源氏の態度を冷静に評価できるようになったのだといえる。そのうえで朧月夜は、若い心に任せて、光源氏と通じたことを後悔する。自らの振る舞いによって、互いの浮き名まで流したのだと内省し、身の憂さを痛感している。

この朧月夜の心情描写について、俊蔭女の場合と比較してみたい。朧月夜の物語と同様に、俊蔭女の物語にも、皇子の不在を嘆く帝の発言は見出だせる。

「昔よりかやうならましかば、今は、国母と聞こえてましかし。わいても、仲忠の朝臣ばかりの親王なからましかし。」（内侍のかみ、四三六頁）

朱雀帝は、正式な后妃として入内していれば、俊蔭女は国母になり得たはずで、少なくとも仲忠のような器量の良い親王が生まれていたと述べる。朧月夜の場合と異なり、尚侍就任後の皇子の誕生まで求めてはいないものの、女君に寄せる想いの深さが表れた発言であるといえる。しかし、俊蔭女の物語において、帝の発言は、女君の心情に変化をもたらすことはない。朱雀帝は、引用した発言のほか、「なほ、さてものし給へ。右大将の制せむも、あぢきなし」（内侍のかみ、四三六頁）と、俊蔭女に対して、以後も参内し、夫兼雅の意向は気にかけないよう求める。一方、俊蔭女は、「何かは、候はむを制する人の侍らむ。すずろに候はばこそあらめ」（内侍のかみ、四三六頁）と、尚侍の任を負うのであるから、出仕を止めようとする者などいない、と受け流す。ここで、帝以外の男君と関係したことを省みるような心情はみられない。俊蔭女の物語において、帝の熱烈な姿勢は、女君の他后妃を超えた位相を表現するのに留まっているといえる。

朧月夜が、光源氏との関係を後悔するのは、澪標巻の朱雀帝の譲位を目前に控えた段階においてである。以後朧月夜が朱雀帝との関係に傾斜し、皇子が誕生したとしても、もはや冷泉帝の即位に影響を及ぼすことはない。物語は、光源氏の栄華の妨げにならないよう、朧月夜の心情を操作していたといえる。しかし、光源氏が栄華に至る物語展開の必然において、朧月夜が過去を省みる心情は、描写せずとも支障なかったはずのものとも考えられる。物語は、帝と男君の板挟みになった女君の苦悩にも焦点をあてているといえる。

朧月夜の尚侍としての性格は、物語成立期に近い史実上の尚侍の性格ではなく、先行物語の尚侍の型を踏まえたものと考えられるが、帝と男君の板挟みになる苦悩が掘り下げられている点に、独自な性格が認められるといえよう。

『源氏物語』『枕草子』『栄花物語』の引用は、『新編日本古典文学全集』（小学館）に、『小右記』の引用は、『大日本古記録』に、『うつほ物語』の引用は、室城秀之校注『うつほ物語　全　改訂版』（おうふう）に拠る。

注

（1）阿部秋生氏「須磨・明石の源氏」（『源氏物語研究序説　下』東京大学出版会、一九五九年）、多屋頼俊氏「光源氏と朧月夜尚侍」（『源氏物語の研究　多屋頼俊著作集　第五集』法藏館、一九九二年、初出一九五八年）。阿部氏が「刑法上の罪でもあり、また倫理的にも罪であつた」と説くのに対し、多屋氏は「源氏の須磨への引退事件を導き出す契機にはなっているが、この関係を罪としては取り扱っていない」と論じた。

（2）後藤祥子氏「尚侍攷―朧月夜と玉鬘」（『源氏物語の史的空間』東京大学出版会、一九八六年、初出一九六七年）。藤原綏子は、『大鏡裏書』及び『河海抄』によれば、永延元年（九八七）に尚侍就任。また『日本紀略』や『権記』によれば、寛弘元年（一〇〇四）に三十一歳で薨去。没年からさかのぼると、綏子は十四歳の若さで尚侍に就いたことになる。

（3）日向一雅氏「朧月夜物語の方法―話型・引用・準拠の方法あるいは流離の主題―」『源氏物語の準拠と話型』至文堂、一九九九年、初出一九九八年・一九九三年）。加納重文氏「尚侍」（『平安文学の環境―後宮・俗信・地理―』和泉書院、二〇〇八年）。

（4）山中和也氏「朧月夜の尚侍就任による今上妃との兼帯について―賢木巻断章の新視座として―」（『詞林』第三号、大阪大学古代中世文学研究会、一九八八年）。

（5）源頼定との関係の露顕により、綏子が宮中から退出したことについて、『河海抄』は、光源氏との密通露顕後、須磨巻で朧月夜が里下がりしていたことの参考として取り上げている。また、注（2）後藤氏は、源頼定が綏子に通じたことから、綏子の時代において、尚侍就任が后妃に至る階梯として未だ確立していなかったことを読み取る。

（6）上野英子氏「右大臣家の姫君たち」（源氏物語探究会編『源氏物語の探究　第十五輯』風間書房、一九九〇年）、島田とよ子氏「左大臣の選択―右大臣家の姫君の存在―」（『園田国文』第十四号、園田学園女子短期大学国文学会、一九九三年三月）、増田舞子氏「弘徽殿大后と右大臣家―朧月夜入内の再企画―」（『赤羽淑先生退職記念論集』、赤羽淑先生退職記念の会、二〇〇五年）。

（7）高橋麻織氏「弘徽殿大后の政治的機能―朱雀朝の「母后」と「妻后」―」（『源氏物語の政治学―史実・准拠・歴史物語―』笠間書院、二〇一六年、初出二〇一四年）。

（8）阿部秋生氏「作者の環境」（『源氏物語研究序説』東京大学出版会、一九五九年）。

（9）『小右記』長和二年（一〇一三）七月十二日条では、太政大臣や大納言の娘などが父親の庇護を失って出仕していることについて、「世以為嗟」と記している。また、『栄花物語』つぼみ花巻において、故太政大臣藤原為光五の君らが禎子内親王に出仕したことを語る場面でも、「さてもあさましき世なりや。太政大臣の御女もかく出でまじらひたまふ、いみじきことなり」（つぼみ花②三四～五頁）とある。

（10）注（3）加納論文。史実上の尚侍のうち、藤原登子は、『栄花物語』において、村上天皇の寵愛によって尚侍に任じられたものと叙述されている。しかし、注（2）後藤氏や加納氏は、史実において、登子の任尚侍が村上天皇崩御後であることを指摘している。

（11）注（4）山中論文。「俊蔭女は、帝に求愛され、〔略〕熱烈な御訪を受ける。〔略〕この筋立ては作者にヒントを与えたかも知れない」と、朧月夜の造型に影響を与えた可能性を指摘する。

（12）朧月夜が前任者の辞任を補う形であるのに対し、俊蔭女は弾琴の功による就任である。また、先に触れたとおり、賢木巻では、弘徽殿大后が朧月夜に弘徽殿を譲渡していたことや、多数の女房を召し集めていたことが叙述されており、朧月夜が帝寵を受けているのは、その魅力のみならず、弘徽殿大后の後見の結果でもあると考えられる。

（13）高橋亨氏「長編物語の構成力―宇津保物語「初秋」の位相」（『物語と絵の遠近法』ぺりか

ん社、一九九一年、初出一九八七年)、猪川優子氏「『うつほ物語』俊蔭女の〈尚侍物語〉—仲忠への女一宮降嫁からいぬ宮入内へ—」(『国語と国文学』第八十巻第六号、東京大学国語国文学会、二〇〇三年七月)。

(14) 河添房江氏「朱雀皇権の〈巫女〉朧月夜」(『源氏物語表現史 喩と王権の位相』翰林書房、一九九八年、初出一九九三年)、高木和子氏「光源氏の「癖」」(『源氏物語の思考』風間書房、二〇〇二年、初出一九九三年)、注(7)高橋論文参照。このうち、河添氏は、光源氏が尚侍である朧月夜に通じることについて、朱雀朝の「〈巫女〉体制」への反乱であると捉えているが、注(3)日向一雅氏は、尚侍の職掌や各作中人物の認識から、朧月夜に巫女としての役割は認められないことを指摘している。

(15) 後藤祥子氏「朧月夜の君」(秋山虔編『源氏物語必携Ⅱ』学燈社、一九八六年)。注(3)日向論文。

(16) 注(2)後藤論文参照。有夫の尚侍として、桓武朝の百済王明信(藤原継縄室)や先述の藤原薬子(藤原縄主室)、嵯峨朝から淳和朝まで在任した藤原美都子(藤原冬嗣室)、就任中に結婚する尚侍として、円融朝の藤原婉子(藤原誠信・源乗方室)が挙げられる。

[付記] 本稿は日本学術振興会特別研究員奨励費(DC2)による研究成果の一部である。

兵部卿宮と光源氏 ――賢木巻を中心に

北原圭一郎

はじめに

本稿では、紫の上の父、藤壺の兄である兵部卿宮（少女巻で式部卿宮に就任するが、本稿では統一して「兵部卿宮」と称する）を取り上げ、賢木巻を中心に藤壺・光源氏との関わり方を通してその人物造型を考察することで、この物語の背後に設定されている政治的文脈の一端を明らかにする。

従来の兵部卿宮についての研究では、兵部卿宮の権勢獲得や皇統接近への強い意志と、それに伴って生じる光源氏との緊張関係が読み取られてきた(1)。その意志は、⑴桐壺巻で藤壺の桐壺帝への入内を進めたこと、⑵澪標巻以降に王女御を冷泉帝に入内させていくことに最も明確に表れているが、加えて、⑶玉鬘十帖で大君を髭黒と結婚させていることや真木柱の結婚に期待をかけていること、(4)若菜下巻の冷泉帝治世においては光源氏・頭中将に次ぐ第三の権力者になっていること[2]にもうかがえる。中でも(2)・(3)は光源氏ゆえに不本意な結果に終わることになるが、このように両者の政治的な関係性や兵部卿宮の意志が明確になっていくのは澪標巻以降の第一部後半であり、兵部卿宮を論じる際に従来注目されてきたのもこれらの箇所が中心であった。

一方、先の(1)〜(4)の時期に加えて、若紫巻、紅葉賀巻、賢木巻においても兵部卿宮は比較的多くの場面で登場する。兵部卿宮の造型を便宜的に時期によって区分して考えるとすれば(1)と(2)の間の時期にあたるが、これらの巻では兵部卿宮の権勢志向や光源氏との対立的な関係は読み取られず、特に賢木巻においては逆に親和的な関係が指摘されてきた[3]。しかしながら、この時点でも後に表面化する光源氏との緊張関係と無縁ではなく、光源氏と藤壺との関係が危機を迎えるこれらの巻においては、入内争いなどの直接的な対立とは別の形で、より深刻な両者の不和が潜伏していると読むことができると考える。

本稿では、各巻の主題や状況によって造型が変化しつつも、光源氏にとって政治的伸長の妨げとなり得る要素を常に背後に抱えている兵部卿宮のあり方を、桐壺院死後の唱和場面など、若紫巻から賢木巻の登場場面の叙述に沿って明らかにする。

一　兵部卿宮についての諸説――藤壺入内と王女御入内

本節では、兵部卿宮の権勢への志向と光源氏との緊張関係が比較的明確に読み取れる箇所を取り上げつつ、兵部卿宮についての先行諸説を概観する。

最初に桐壺巻では、藤壺の兄という立場で、母后の死後に藤壺を入内させた人物の一人として名前が挙がる。

心細きさまにておはしますに、「ただ、わが女御子たちの同じ列に思ひきこえむ」といとねむごろに聞こえさせたまふ。さぶらふ人々、御後見たち、御兄弟の兵部卿の親王など、かく心細くておはしまさむよりは、内裏住みせさせたまひて、御心も慰むべくなど思しなりて、参らせたてまつりたまへり。藤壺と聞こゆ。（桐壺①四二）

兵部卿宮が藤壺と同腹であることが明確になるのは後のことだが（若紫①二二七）、入内を推進した兄弟として一人だけ名前が挙がっていることから考えると、兄弟の中でも特に藤壺に近い立場、即ち同腹の長男のような、先帝の親王の中で最も有力な存在であることが想定される。この時点では、父母亡き後の妹の心細さを案じる有力な後見役という立場の人物が、藤壺入内の実現という物語展開を導く流れの中で言及されたに過ぎないようにも一見思われるが、そのような兵部卿宮の立場から、直接的には語られない物語の政治的背景が読み取られてきた。

先述した通り兵部卿宮が先帝の最も有力な親王であったとすれば、この時点で帝位についておらず、東宮候補にすらなっていないことは不審であるといえる。兵部卿宮研究の始発と位置付けられる今井源衛氏の論においても、「皇位継承の関係で何かいわくのありそうなところ」として問題提起がなされていたが、(4)より具体的な背景として先帝系と桐壺系の間の対立が想定され、一院・先帝の系図とも併せて論じられてきた。一院を桐壺帝の父、先帝を一院の弟と考え、一院─桐壺と先帝の皇統との対立を読み取る説(5)や、桐壺と先帝を別皇統と考えて両者の対立を読み取る説(6)などがあり定説を見ないが、少なくとも先帝と桐壺帝が直系である可能性は考えにくく、(7)兵部卿宮が皇統間の対立によって帝位への可能性を絶たれた不遇な親王であることは想定してよいであろう。

更に、そのように考えると、兵部卿宮が藤壺の入内を推進した背景として、藤壺本人の「心細さ」を案じたという物語の叙述以上の政治的意図を読み取ることも可能である。即ち、妹の藤壺を入内させることによって、やがて誕生することが期待される皇子の外戚として政権に近づこうとする意図や、途絶えてしまった先帝系の血統を皇統の中に復活させようとする意図などが読み取られてきた。(8)そうであるならば、桐壺帝と対立する皇統の有力親王、また藤壺とのつながりを利用して権勢回復をたくらむ存在であるという点で、桐壺帝の皇子でありやがて藤壺との関わりを通して王権に近づいていく光源氏とは、相容れない側面を当初から孕んでいることになる。

次に、より直接的に、兵部卿宮の権力志向とそれに伴う光源氏との対立が語られていく箇所として、光源氏の帰京以後の、王女御の入内をめぐる物語が挙げられる。兵部卿宮は、頭中将の娘である弘徽殿女御に続いて冷泉帝に中君を入内させようとするが、光源氏は須磨流謫に際して離反した兵部卿宮への報復として、非協力的な態度を取り続ける。しかし兵部卿宮は入内を断念せず、「かく隙間なくて二ところさぶらひたまへば、兵部卿宮、すがすがともえ思ほし立たず、帝おとなびたまひなば、さりともえ思ほし棄てじとぞ、待ち過ぐしたまふ。」（絵合②三七五）とあるように、光源氏と頭中将二人の娘が帝寵を競い合う状況においてなお娘の入内に強い執念を持ち続け、最終的には、少女巻に至ってようやく入内を果たし立后争いにも加わることになる。娘を入内させた史実の親王の中から准拠が指摘されることもあるが(9)、困難な状況でもなお娘の入内を遂げさせようとする設定は、背景に何らかの政治的事情を想起させる。即ちここにも、自らが帝位につけない無念を経験した者としての、娘の入内を通じた政権・皇統への接近の野望などが読み取られる(10)。

また、光源氏が王女御の入内に対して非協力的姿勢を貫く背景にも、そのような兵部卿宮の政治的意図を阻止する意図があったと見なす見解がある。つまり、冷泉帝の伯父にあたる兵部卿宮は、藤壺を介して冷泉帝と結びつく危険性も持っており、光源氏はそれを牽制しようとしたとも指摘されてきた(11)。このように、帰京以後の兵部卿宮の物語は、人々の心変わりとその後を描く帰京後の物語の主題や、実子が幸福を得られないという継子譚の話型に沿って予定調和的に展開していくようにも読める一方で、皇統間の対立を背景とした光源氏との対立の物語としても成り立っている。

更に、大君と髭黒との結婚についても、東宮の叔父にあたる髭黒と結婚させることで、その孫娘による皇統への接近を意図していたという指摘もある(12)。

以上のように、従来の研究史においては、若紫巻から賢木巻の時期を除く兵部卿宮のほとんどの行動が、権勢獲得や皇統接近への志という点から説明がなされてきたということができる。

二　若紫巻・紅葉賀巻における兵部卿宮

本節では、若紫巻・紅葉賀巻での兵部卿宮の造型について考察する。他の時期の兵部卿宮に関して読み取られてきた政治的意志や光源氏との緊張関係を踏まえて、それと相違する側面とつながる側面の双方が見られることを論じる。

若紫巻から紅葉賀巻においては、兵部卿宮は主に尼君死後の紫の上引き取りをめぐる展開の中で、その父として登場する。これらの巻では、同じく紫の上引き取りを目指す光源氏と対比されつつ、明らかに一歩劣る存在として語られており、一見深刻な政治的対立につながる側面は見られない。

かしこには、今日しも宮渡りたまへり。……近う呼び寄せたてまつりたまへるに、かの御移り香のいみじう艶にしみかへりたまへれば、「をかしの御匂ひや。御衣はいと萎えて」と心苦しげに思いたり。（若紫①二四七〜八）

一例として、光源氏が尼君亡き後の紫の上を訪れ、突如一夜を過ごすことになった翌日に、兵部卿宮が訪れた場面を挙げる。兵部卿宮は、紫の上の衣服の香と萎えた衣服に気付きながらも、それが前夜源氏と共に過ごしたことによるものとは思いもよらない。これは光源氏の行為が露見する危険性を示す一方で、父でありながら真相に近づけない鈍感さを示すことにもなっていると思われる。また、兵部卿宮が紫の上邸の女房らから光源氏の動向を全く聞き出すことができないのは、第一には継母との関係が危惧されているからではあるが、光源氏が少納言らを通じて兵部卿宮の紫の上引き取りに関する情報を巧みに掴んでいくのと対照的であり、兵部卿宮自身の女房たちからの信頼の欠如をも印象付ける。

君は、男君のおはせずなどしてさうざうしき夕暮などばかりぞ、尼君を恋ひきこえたまひて、うち泣きなどしたまへど、宮をばことに思ひ出できこえたまはず。もとより見ならひ

きこえたまはでならひたまへれば、今はただ、この後の親をいみじう睦びまつはしきこえたまふ。（若紫①二六一）

またこの場面では、紫の上は尼君を恋しがることはあっても、実の親である兵部卿宮のことは思い出さず、そのかわり「後の親」である光源氏の方に親しんでいると語られ、兵部卿宮が女房のみならず娘本人からも信頼を獲得できていなかったことがわかる。

以上のように若紫巻における兵部卿宮は、光源氏と対比されつつそれに及ばない側面が際立っているが、次の紅葉賀巻でも同様の造型が見られる。兵部卿宮はいまだに紫の上の居場所に見当がつかず、「姫君は、なほ時々思ひ出できこえたまふ時、尼君を恋ひきこえたまふをり多かり。君のおはするほどはまぎらはしたまふを……」（紅葉賀①三一七）などと述べられているように、紫の上も光源氏に親しみ、尼君を思い出すことはあっても実父の兵部卿宮のことは思い出さない。

若紫・紅葉賀巻において、このように兵部卿宮が光源氏と並べられつつそれに及ばない鈍感な人物として造型されている一つの理由は、光源氏が実父である兵部卿宮をさしおいて強引な手段で先に紫の上を引き取る展開をより必然的なものに見せるためであると考えられ、あくまで紫の上に関わる物語の展開に従った性格設定であると考えられる。(13)

しかしながら、これらの巻においても、後の政治的対立につながる側面が全くないわけではない。紫の上は、髭黒や冷泉帝に嫁ぐ他の娘たちと同様に権勢獲得に利用することもできた娘の一人であると考えれば、光源氏とどちらが紫の上を引き取るかという駆け引きに敗れたことは、兵部卿宮の政治的失敗とも読むことができる。紫の上を失った後の北の方の「わが心にまかせつべう思しけるに違ひぬるは口惜しうおぼしけり」（若紫①二六〇）という心情は、兵部卿宮家の無念としても捉えられるだろう。

更に、藤壺を通して、より深刻な光源氏との対立の契機がうかがえる場面もある。次は、三条宮で光源氏と対面した場面であり、物語中で両者が同席する最初の場面でもある。

藤壺のまかでたまへる三条の宮に、御ありさまもゆかしうて、参りたまへれば、命婦、中納言の君、中務などやうの人々対面したり。けざやかにももてなしたまふかな、とやすからず思へど、静めて、おほかたの御物語聞こえたまふほどに、兵部卿宮参りたまへり。この君おはすと聞きたまひて、対面したまへり。いとよしあるさまして、色めかしうなよびたまへるを、女にて見むはをかしかりぬべく、人知れず見たてまつりたまふにも、かたがた睦ましくおぼえたまひて、こまやかに御物語など聞こえたまふ。宮も、この御さまの常よりもことになつかしううちとけたまへるを、いとめでたしと見たてまつりたまひて、婿になどは思しよらで、女にて見ばやと色めきたる御心には思ほす。暮れぬれば御簾の内に入りたまふを、うらやましく、昔は上の御もてなしに、いとけ近く、人づてならでものをも聞こえたまひしを、こよなう疎みたまへるもつらうおぼゆるぞわりなきや。
（紅葉賀①三一八〜九）

傍線部では、光源氏と兵部卿宮が、異性にも通じる親愛の情を互いに同じように抱いているが、光源氏は兵部卿宮と藤壺・紫の上との血縁を前提としてそう感じているのに対し、兵部卿宮は藤壺・紫の上どちらとも近い血縁関係にありながら真実に全く気付いておらず、他の場面と同様に兵部卿宮の鈍感さを示す叙述になっていると一応は捉えられる。しかし、藤壺との関係を語る箇所に注目することで、異なる読み方も可能である。この場面では藤壺の出産が近づいており、藤壺が光源氏に対して以前にもまして距離を置こうとしている時期であるが、後半の波線部のように、その隔たりが兵部卿宮の姿を通して特に光源氏に実感されている点に注目される。兄ゆえに御簾の中に入っていくことができる姿を語ることで、兵部卿宮が光源氏よりも藤壺に近い存在であることが改めて示されていると考えられる。一方で光源氏は、前半の波線部のように、女房たちと兵部卿宮に隔てられて、直接藤壺と言葉を交わすこともかなわない。この後、紅葉賀巻では藤壺の出産と密通露見の恐れが語られるが、そのように光源氏と藤壺の関係が危機的な段階において兵部卿宮と藤壺との接近が示されることにより、兵部卿宮がその秘密を暴き得る可能性のある存在で、藤壺に近づきたい光源氏にとっては障壁ともなる存在であることが暗示されていると考えられる。

三　賢木巻における兵部卿宮――光源氏との親密さ

賢木巻では、若紫巻・紅葉賀巻とは異なり、兵部卿宮が紫の上との関わりにおいて光源氏と対比的に描かれるような箇所は無く、藤壺との関わりで登場することがほとんどである。賢木巻の兵部卿宮について論じた先行研究は少ないが、光源氏との親和的な関係が主に読み取られ、それが帰京以後の報復につながると解釈されてきた[14]。しかし、藤壺を含めた三者の関係性に注目することで、後に表面化する権勢への志向と光源氏との緊張関係に通じる側面が読み取れることを論じる。

まず、光源氏との親密さが読み取れる箇所を取り上げ、賢木巻にのみそのような関係がうかがえる理由について考える。

(1)　御四十九日までは、女御、御息所たち皆院に集ひたまへりつるを、過ぎぬれば散り散りにまかでたまふ。十二月の廿日なれば、おほかたの世の中とぢむる空のけしきにつけても、まして晴るる世なき中宮の御心の中なり。大后の御心も知りたまへれば、心にまかせたまへらむ世のはしたなく住み憂からむを思すよりも、馴れきこえたまへる年ごろの御ありさまを思ひ出できこえたまはぬ時の間なきに、かくてもおはしますまじう、皆ほかほかへと出でたまふほどに、悲しき事限りなし。

宮は、三条宮に渡りたまふ。御迎へに兵部卿宮参りたまへり。雪うち散り風激しうて、院の内やうやう人目離れゆきてしめやかなるに、大将殿こなたに参りたまひて、古き御物語聞こえたまふ。御前の五葉の雪にしをれて、下葉枯れたるを見たまひて、親王、

かげ広み頼みし松や枯れにけん下葉散りゆく年の暮かな

何ばかりのことにもあらぬに、をりからものあはれにて、大将の御袖いたう濡れぬ。池の隙なう凍れるに、

さえわたる池の鏡のさやけきに見なれしかげを見ぬぞ悲しき

と、思すままに、あまり若々しうぞあるや。王命婦、

年暮れて岩井の水も氷閉ぢ見し人かげのあせもゆくかな

そのついでにいと多かれど、さのみ書き続くべき事かは。（賢木②九九〜一〇〇）

桐壺院死後の四十九日に、次々と院を退出していく女御らに続いて、藤壺も三条宮に退出しようとしている場面である。兵部卿宮が退出する藤壺を迎えに来ていたところに光源氏も訪れ、両者は桐壺院在世時の「古き御物語」を語り合っている。まず兵部卿宮の歌では、桐壺院の死と人々の離散という二つの内容が、眼前の風景を通して詠まれている。「かげ（蔭）」には桐壺院の庇護の意味が込められており、「松や枯れにけん」が桐壺院の死を象徴している。和歌で

は一般的に冬でも枯れないと詠まれる松が枯れたと詠むことで、その死の衝撃の大きさが表現されていると考えられる。(15)また「下葉散りゆく」は「散り散りにまかでたまふ」「院の内やうやう人目離れゆきて」という地の文と呼応して、院を退出していく人々の象徴となっている。

それに対する光源氏の歌は、桐壺院の死という兵部卿宮の歌と重なる内容を、異なる風景を通して詠んだものである。兵部卿宮の歌と「かげ」の語を共有しながらも異なる意味で引き受けて今は亡き桐壺院の面影の意味を込め、一面凍り付いた池という風景を通して昔の桐壺院在世時との変転を実感する歌である。「思すまま」の歌であるとの語り手の批評は、繕う余裕のないほどの光源氏の嘆きの深さを示すとともに、それだけ相手に心を許して素直に歌を詠んでいるとも解釈できる。(16)両者が和歌を交わすのは物語では当該箇所が唯一であるが、ここでは唱和歌を通して桐壺院の死の悲しみを共有し合っており、両者の親しさを物語っていると一応は解釈できるだろう。

このような兵部卿宮と光源氏の親しさは、他の巻ではほぼ語られることないが、賢木巻でのみ繰り返し言及されることに注目される。

(2)西の対の姫君の御幸ひを世人もめできこゆ。少納言なども、人知れず、故尼上の御祈りのしるしと見たてまつる。父親王も思ふさまに聞こえかはしたまふ。嫡腹の限りなくと思すは、はかばかしうもえあらぬに、ねたげなること多くて、継母の北の方は、安からず思す

べし。物語に、ことさらに作り出でたるやうなる御ありさまなり。（賢木②一〇三）

この時点では既に兵部卿宮と娘紫の上との対面が果たされて自由に交流できる関係になっている。紫の上との親密さは、その夫である光源氏との親密さにもつながるであろう。

そして、賢木巻における光源氏との親密な関係が最も明確に表れているのは、頭中将との韻塞・負態の場面に続く、次の叙述である。

(3)兵部卿宮も常に渡りたまひつつ、御遊びなどもをかしうおはする宮なれば、いまめかしき御あはひどもなり。（賢木②一四三）

右大臣家から疎まれ、政治的に疎外された光源氏と頭中将の親密な関係を語った直後に続く場面であることから、右大臣勢力下での不遇の嘆きを共有するような親密さが兵部卿宮との間にも同じように築かれていたと読むことができる。なお、この(3)の叙述について、「兵部卿宮」の表記を錯誤として、紫の上の父ではなく後の蛍兵部卿宮とする説もあるが[17]、賢木巻の時点においては、「兵部卿宮」と書かれていれば藤壺兄・紫の上父の人物と考えるのが妥当であろう。なぜなら、蛍兵部卿宮の方により相応しいと指摘される、音楽に堪能であるなどの造型は、全て賢木巻より後の絵合・少女巻などで初めて語られる内容であり、この時点での蛍兵部卿宮は花宴巻で名前が挙がっていただけの造型が不明瞭な人物に過ぎないためである。

以上、(1)〜(3)の叙述から、賢木巻において兵部卿宮は、他の巻とは異なり光源氏と親密な間柄の人物として造型されていることは明らかである。

　次に、このような両者の関係性が賢木巻にのみ繰り返し語られる理由を考えた場合、桐壺院死後の光源氏の不遇という賢木巻固有の状況が関わっていると考えられる。(1)〜(3)の場面ではいずれも、光源氏の不遇と不可分の形で二人の親密さが語られていることを確認したい。まず(1)は、桐壺院在世時とは一変した除目の様子や弘徽殿女御の復讐の意思など、光源氏の本格的な政治的逆境が立て続けに語られていく直前に位置しており、光源氏の政治的不遇が始まるちょうど境目にあたる場面と位置づけられるが、両者の親密さもそこで初めて語られている。(2)に関しても、光源氏が父と対面させることを考えている場面は葵巻に既にあり（葵②七六）、父娘の対面自体はこれ以前に果たされていた可能性も高いが、桐壺院死後に始めてその事実が明かされることで、光源氏の不遇期における親密さが印象付けられる。(3)も、先述したとおり光源氏と同じく政治から疎外された頭中将との交流に続けて語られる叙述であり、不遇を共有する親密さが読み取れる箇所であった。

　第二節で述べたように、先帝の親王である兵部卿宮にとって、藤壺を介した桐壺院や東宮とのつながりは、自らの権勢獲得や皇統への接近のため必須の要素であった。ゆえに桐壺院の死によって右大臣方が政権を握り、藤壺・東宮方の勢力が危機に陥ることは、兵部卿宮にとっても政治的な打撃であったはずである。よって光源氏と兵部卿宮は、桐壺院の死によってますます政治的不遇に追い込まれた前帝の皇子として類似する境遇にあることになり、それが両者の接近の背景ではないかと思われる。逆に、桐壺院死後の不遇を光源氏と共有していることが、藤壺・東宮という桐壺政権下の存在に依存していた兵部卿宮の政治的立場を明らかにしているということもできる。但し、それは後述するように単に親密であるにとどまらない光源氏との複雑な関係につながることにもなる。

四　賢木巻における兵部卿宮――光源氏との緊張関係

前節では、賢木巻における光源氏と兵部卿宮の親密な関係性と、それが賢木巻にのみ読み取れることの意味を明らかにしてきた。しかしその一方で賢木巻では、単に親密であるだけではない緊張関係が仄めかされている側面もある。

再び、(1)の唱和歌場面に戻って確認するが、この場面にはいくつか疑問に思われる点もある。(1)の前には「中宮、大将殿などは、ましてすぐれてものも思しわかれず」（賢木②九八）とあり、光源氏と藤壺の嘆きを語ってきた場面であったにもかかわらず、唱和歌は兵部卿宮が中心となって詠まれており、藤壺の歌が無いことである。

この理由を考えるに、(1)の場面は、兵部卿宮が藤壺の代わりとして光源氏と対面して歌を交わしている場面としても解釈できるのではないか。源氏・藤壺・兵部卿宮の三者と王命婦ら女房が居合わせる構図は第二節で挙げた紅葉賀巻の場面にも見られたが、その場面と同様に、光源氏が直接対面し言葉を交わすことができるのは兵部卿宮と女房たちにとどまっており、藤壺とは唱和し合うことは出来ない位置にいるとも考えられる。つまりこの場面で、兵部卿宮は光源氏と藤壺を隔てる存在でもあることになる。

従来、王命婦が藤壺の代理として歌を詠んでいると解釈されることはあったが[18]、歌の内容から考えても、兵部卿宮こそが藤壺の代理として登場しているといえる。(1)の前半の藤壺の心情が語られた傍線部分では、長年連れ添った桐壺院を失った嘆きと、桐壺時代の終焉を示す女御らの退出の悲しみという二つが述べられているが、兵部卿宮の歌「かげ広み頼みし松や枯れにけん下葉散りゆく年の暮かな」も、桐壺院の死と人々の退出という二つの内容を詠んだものであった。つまり、兵部卿宮の歌は、既に語られた藤壺の心情を自分の眼前の風景に即して表現し直したものになっており、藤壺の心情の代弁として機能していると言うことができる。

以上のことから、(1)の唱和歌場面において、兵部卿宮は、表向きは光源氏と唱和歌を交わし桐壺院の死の嘆きを共有し合っていながら、藤壺の近くにあって光源氏との間を隔てる人物、即ち光源氏にとっては恋を邪魔立てする厄介な人物としても存在している。そのように考えると、(1)で光源氏の歌が兵部卿宮の歌への唱和でありながら異なる風景を通して詠まれていることや、(2)で兵部卿宮と紫の上の交流が語られながら北の方の口を通して不満が述べられていることも、両者の関係が単なる親密さだけではないことを暗示しているとも捉えられる。

次に、以上のような、兵部卿宮の藤壺への接近によって喚起される光源氏との緊張関係という点から賢木巻の兵部卿宮を捉えた場合、藤壺との関係性という点でも賢木巻特有の造型が見られることがわかる。賢木巻においては、兵部卿宮は藤壺の庇護者、身内として第一に藤壺の身を案じる立場の人物として度々登場している。前節の(1)で三条宮へ退出する藤壺の迎えに訪れていたのもその一例である。次の(4)は、光源氏が藤壺のもとに忍び入り、拒み通したものの胸を病む場面である。

(4)御なやみに驚きて、人々近う参りてしげうまがへば、我にもあらで、塗籠に押し入れられておはす。御衣ども隠し持たる人の心地どもいとむつかし。宮はものをいとわびしと思しけるに、御気あがりて、なほなやましうせさせたまふ。兵部卿宮、大夫など参りて、「僧召せ」など騒ぐを、大将いとわびしう聞きおはす。からうじて暮れゆくほどにぞおこたりたまへる。……よろしう思さるるなめりとて、宮もまかでたまひなどして、御前人少なになりぬ。（賢木②一〇八）

ここでは兵部卿宮が、中宮大夫らとともに、病んだ藤壺のもとに最初に駆け付けて僧を呼ぶよう命じている。「騒ぐ」という慌てた様子からも、藤壺への強い心配がうかがえ、その後回復するまで傍に控えていたことも分かる。同じく、藤壺の身を案じる兄としての立場が強く表れているのが次の出家の場面である。

(5)最終の日、わが御事を結願にて、世を背きたまふよし仏に申させたまふに、みな人々驚きたまひぬ。兵部卿宮、大将の御心も動きて、あさましと思す。親王は、なかばのほどに、立ちて入りたまひぬ。心強う思し立つさまをのたまひて、果つるほどに、山の座主召して、忌むこと受けたまふべきよしのたまはす。御をぢの横川の僧都近う参りたまひて御髪おろしたまふほどに、宮のうちゆすりてゆゆしう泣きみちたり。何となき老い衰へたる人だに、今はと世を背くほどは、あやしうあはれなるわざを、まして、かねての御気色にも出だしたまはざりつることなれば、親王もいみじう泣きたまふ。参りたまへる人々も、おほかたの事のさまもあはれに尊ければ、みな袖濡らしてぞ帰りたまひける。……大将は立ちとまりたまひて、聞こえ出でたまふべき方もなく、くれまどひて思さるれど、などかさしもと人見たてまつるべければ、親王など出でたまひぬる後にぞ、御前に参りたまへる。（賢木②一三〇～一）

ここでは、出家の意志を聞いて最初に大きな衝撃を受ける存在として、兵部卿宮が「みな人々」「宮のうち」の中でも特に焦点を当てられている。儀式の途中で御座所に入っていく様子からは動揺の大きさが読み取れ、多数の人々のうちでも特に「いみじう泣きたまふ」人物として取り上げられる。二重傍線部のように、藤壺を深く気にかける点で光源氏と並ぶ存在として登場しているといえる。

以上のように、賢木巻では、兵部卿宮と藤壺との結びつきの強さ、庇護者のようにふるまう兵部卿宮の姿が(1)・(4)・(5)の複数の場面で語られていく。このような造型もまた、藤壺の心細さを案じて入内させたという桐壺巻の場面を除いては賢木巻に特有である。藤壺の懐妊・出産の場面（若紫巻・紅葉賀巻）や藤壺の死の場面（薄雲巻）など、藤壺が体調を悪化させる場面は他にもあるが、藤壺を案じる立場で姿を見せることは一切無い。但し(1)に見られた光源氏との二面的な関係から考えた場合、(4)・(5)に描かれているような藤壺との関わりの深さも、単に兄妹の親しさを語っているだけではなく、光源氏との関係の危うさを示しているものと捉えられる。藤壺との関係の近さは、桐壺院死後において再び露見する危険性が高まっている光源氏との不義を暴き得る立場にあることをも示しており、特に(4)は、藤壺の病の原因である光源氏との密会の事実に極めて近いところまで接近している危機的な場面といえる。

更に、桐壺院死後においてとりわけ藤壺に接近しようとする兵部卿宮の振る舞いは、政権とのつながりをますます失いつつある状況において、藤壺と東宮との関わりをより強固にしようとしているとも考えられる。そうであるならば、藤壺と連帯して後見として東宮を守り、またそれによって自らの朱雀朝における政治的立場をも確保しようとする光源氏にとっては、兵部卿宮は恋の妨げであるばかりか、政治的にも目障りな存在といえる。

以上、賢木巻における兵部卿宮は、光源氏と桐壺院の死に伴う不遇を享受する者同士として親密な関係を築いているように見えながら、光源氏の恋や政治的意志を妨げる存在でもあることが藤壺との関わりを通して示されていることを論じた。

しかし、そのような兵部卿宮の政治的意志が仄めかされる一方で、桐壺院・光源氏・藤壺の三者の思考の中では、兵部卿宮は東宮の後見として候補に挙がることはない。特に光源氏・藤壺の心中では、後見となり得る存在は光源氏しかいないかのように語られている。

(6)東宮の御事を、かへすがへす聞こえさせたまひて、次には大将の御事、「はべりつる世に変らず、大小のことを隔てず何ごとも御後見と思せ。……」（賢木②九五）

大将にも、朝廷に仕うまつりたまふべき御心づかひ、この宮の御後見したまふべきことをかへすがへすのたまはす。（賢木②九七）

(7)内裏に参りたまはんことはうひうひしくところせく思しなりて、東宮を見たてまつりたまはぬをおぼつかなく思ほえたまふ。また頼もしき人ものしたまはねば、ただこの大将の君をぞよろづに頼みきこえたまへる……（賢木②一〇七）

(8)「中宮の今宵まかでたまふなる、とぶらひにものしはべらむ。院ののたまはせおくことはべりしかば、また後見仕うまつる人もはべらざめるに、東宮の御ゆかり、いとほしう思ひ

たまへられはべりて」と奏したまふ。（賢木②一一四）

(9)母宮をだにおほやけ方ざまにと思しおきしを、世の憂さにたへずかくなりたまひにたれば、もとの御位にてもえおはせじ、我さへ見たてまつり棄てては、など思し明かすこと限りなし。（賢木②一三四）

(6)は桐壺院から朱雀帝・光源氏への遺言であるが、その中で朝廷の後見・東宮の後見としては光源氏一人だけが意識されており、血縁的には東宮の伯父にあたる兵部卿宮は一切言及されない。(7)の藤壺の心中でも、東宮の後見として頼りにできるのは光源氏ただ一人であることが語られている。(8)・(9)では光源氏自身が、自分の他に東宮の後見となり得る人物はいないことを自覚している。このように、兵部卿宮が東宮の後見として候補に挙がらない理由は、かつて桐壺院の心中でも「御母方、みな親王たちにて、源氏の公事知りたまふ筋ならねば」（紅葉賀①三四七）と語られていたように、政治に関与できない親王という立場であるからとも考えられよう。しかし、藤壺や王女御を入内させることにうかがえる兵部卿宮の権勢志向は、親王が政治的実力を持つことができないという歴史的実態を超えた側面もあり(19)、賢木巻でも実態から説明するだけでは不十分であると思われる。

賢木巻では、権勢への執念を持ち藤壺にも最も近い人物として兵部卿宮の存在が度々語られながら、桐壺院・光源氏・藤壺の思考の中では一切言及されないことによって、三者がその存在を意図的に遠ざけようとしているかのような印象さえ与える。それによって、先帝系の勢力を排して光源氏を東宮後見とすることを強く望む桐壺院の意図、不義の子を共同して守り抜こうとする光源氏と藤壺の連帯が明らかになっているのだと考えられる。(20)

おわりに

従来の兵部卿宮論においては、桐壺巻における藤壺入内、澪標巻以降の王女御入内、玉鬘十帖における大君や真木柱の処遇をめぐる苦慮などから、先帝・桐壺帝の皇統の対立を背景とした兵部卿宮の権力獲得・皇統接近への強い志向と、それに伴う光源氏との緊張関係が読み取られてきた。一方、若紫から賢木巻においてはそのような関係は指摘されることがなかったが、本稿では藤壺を含めた三者の関係に注目することで、これらの時期の兵部卿宮にも光源氏の恋と政治的意志を妨げる存在としての側面が見られ、後に表面化する対立につながる造型を有していることを論じた。このような兵部卿宮の造型は、その存在を排して光源氏による東宮後見を実現させようとする桐壺院・光源氏・藤壺三者の連帯を強調するために、とりわけ賢木巻において不可欠であったと考えられる。

『源氏物語』の引用は『新編日本古典文学全集』により、適宜表記を改めた。

注

（1）小山清文「源氏物語第一部における左大臣家と式部卿宮家をめぐって」（『中古文学』四二、一九八八年十一月）、日向一雅「桐壺帝と大臣家の物語―準拠と話型構造論の観点から―」（『源氏物語の準拠と話型』至文堂、一九九九年三月、初出一九九七年一〇月）、田坂憲二「髭黒一族と式部卿宮家―源氏物語における〈政治の季節〉・その二」（『源氏物語の人物と構想』和泉書院、一九九三年一〇月、初出一九九〇年一〇月）など。
（2）「この院、大殿にさしつぎたてまつりては、人も参り仕うまつり、世人も重く思ひきこえけり。」（若菜下④一六〇）
（3）森一郎「兵部卿の宮（紫の上父・藤壺の兄）をめぐって」（『源氏物語の主題と表現世界』勉誠社、一九九四年七月、初出一九九四年三月）など。
（4）今井源衛「兵部卿宮のこと」（『改訂版　源氏物語の研究』未来社、一九八一年八月、初出一九五七年）
（5）坂本共展「故前坊妃六条御息所」（『源氏物語構想論』明治書院、一九八一年三月）、田坂憲二前掲論文など。
（6）日向一雅前掲論文、袴田光康「『源氏物語』における式部卿任官の論理―先帝と一院の皇統に関する断章―」（『国語と国文学』七七―九、二〇〇〇年九月）など。

（7）先帝―一院―桐壺帝を三代の直系と考える清水好子『源氏物語論』（塙書房、一九六六・一）の説もあるが、人物の年齢の不整合などから採用されることは少ない。
（8）注1に同じ。
（9）為平親王（今井源衛前掲論文）、是忠親王（藤本勝義「式部卿宮―「少女」巻の構造」〔『源氏物語の想像力―史実と虚構―』笠間書院、一九九四年四月、初出一九八二年三月〕、代明親王、重明親王（田坂憲二前掲論文）など。
（10）注1に同じ。
（11）森一郎前掲論文、日向一雅前掲論文、木村祐子「兵部卿宮と桃園式部卿宮―光源氏との政治的関係」（『中古文学』六五、二〇〇〇年六月）など。また、第三勢力である髭黒との結びつきを危惧したとする見解もある（田坂憲二前掲論文）。
（12）小山清文前掲論文
（13）今井源衛前掲論文でも、継子物語の話型に従った造型であることが指摘されている。
（14）森一郎前掲論文では、「単に睦び合う以上の深い連帯」「桐壺王朝での帝を軸にした三人の緊密な間柄」などと説明されている。
（15）「雪降りて年の暮れぬる時にこそつひにもみぢぬ松も見えけれ」（古今集・冬・三四〇）など。
（16）「思ふまま」という和歌批評は、他にも、うちとけて過去の懐旧に浸っている時の贈答に伴って現れることがある。源氏と五節の君（少女③六二）、源氏と明石の尼君（若菜下④一七二〜三）、冷泉院と源氏（鈴虫④三八四）の贈答歌。

（17）稲賀敬二「蛍兵部卿宮についての疑問―源氏物語の別話・巣守の三位の周辺に及ぶ」（『源氏物語の研究　成立と伝流　増補版』笠間書院、一九八三年一〇月、初出一九五八年二月）が本文の点から詳しく論じ、現代の注釈でも両説併記するものが多い。

（18）玉上琢彌『源氏物語評釈二』（角川書店、一九六五年一月）など。

（19）木村祐子前掲論文は、兵部卿宮は実際に政治的影響力を持つ点で、平安時代の史実の親王とは異なる物語独自の存在であることを指摘している。

（20）兵部卿宮の政治的意志を語ることでかえって光源氏と藤壺との連帯の強さが明らかになる文脈は、王女御入内においても見られる（森一郎前掲論文、増田舞子「兵部卿宮と光源氏―冷泉帝の外戚と後見」（『解釈』五〇―三・四、二〇〇四年四月））。澪標巻では、藤壺が兄への同情心とは裏腹に前斎宮の入内に積極的に協力する姿勢を見せることから、光源氏に対する藤壺の信頼の大きさが明らかになっている。

〔付記〕本稿は、日本学術振興会特別研究員奨励費（ＤＣ２）による研究成果の一部である。

不義の子薫の背負うもの

井内健太

はじめに

『源氏物語』第三部において、物語世界から退場した光源氏に代わって、薫が新たな主人公格の存在となる。薫は、表向きは光源氏の子として世間に認められながら、実は柏木と女三の宮との不義の子であるという特殊な出生の事情を背負う。そして、そのような生い立ちが薫の内面の形成に少なからぬ影響を及ぼしている。

第三部の冒頭部分は薫の人物説明に多くを費やしているが、次のような一節がある。

事にふれて、わが身につつがある心地するも、ただならずもの嘆かしくのみ思ひめぐらしつつ、……（匂兵部卿⑤二四）

自らの出生の秘事について、勘付くところのあったという薫は、我が身に「つつが」を感じている。「つつが」は『源氏物語』以前に多くの用例を見出すことのできない語であるが、「大将、いささかの、足・手のつつがもあらば」（『うつほ物語』嵯峨の院）(1)、「つつがなくて思ふごと見なさむと思ひ」（東屋⑥七八）といった用例からも確かめられるように、「故障」「支障」の意である。両親の密通は、まだはっきりそれとは認識されないようであるけれども、自身の人生における後ろめたい暗部として、薫の心に暗い影を落としている。薫には本来何の責任もないはずなのだが、あたかも両親の罪を引き継ぐかのように、薫は鬱屈とした人生を送ることを強いられるのである。

そうして、薫は幼時から出家を志し、身の栄達や世評の高さとは裏腹に内向的な青年に成長したのであった。両親の密通と関わるかたちで薫は道心を育んでいくようにみえるが、いったい両者はいかに結びついているのか、今一度物語の論理をたどってみたい。

本稿では、柏木と女三の宮の密通が、薫の人生においていかなる意味を持ち、源氏物語第三部の構造にどのような意義を有するのかを考察する。

一　重なり合う冷泉

すでに指摘されているように(2)、薫と冷泉院は両親の不義密通によって誕生した点をはじめ多くの共通項を持つ。薫が冷泉院の負うべきだった課題を「冷泉院に代わって引き受けることになった」(3)ということが言われもする。光源氏の取り決めのままに、何も知らない冷泉院が薫に「とりわきて思しかしづ」いている（匂兵部卿⑤二一）のも意味深長な構図であった。本節では表現の面から二人を比較してゆくことで、不義の子に負わされた特性を考えたい。

宇治の八の宮のもとへ通うようになって三年が経った秋、薫は、宇治の八の宮に仕える老女房の弁から出生に関する話をほのめかされる。かつて柏木の乳母子であったという弁は、後日薫に事の真相を伝える。ここでの弁の役割は、薄雲巻で冷泉帝に真相を伝えた夜居の僧都の果たした役割に相当している。夜居の僧都の密奏の場面と、弁の「昔物語」の場面とは多くの類似点が見いだせる(4)。

（弁）「さし過ぎたる罪もやと思うたまへ忍ぶれど、あはれなる昔の御物語の、いかならんついでにうち出できこえさせ、片はしをもほのめかし知ろしめさせんと、年ごろ念誦のついでにもうちまぜ思うたまへわたる験にや、うれしきをりにはべるを、まだきにおぼほれはべる涙にくれて、えこそ聞こえさせずはべりけれ」（橋姫⑤一四五）

弁は、出過ぎた振る舞いであることはわかっているけれども伝えなくてはならないのだ、として薫に語り始める。秘密を語る行為を「罪」としているが、それは夜居の僧都においても「いと奏しがたく、かへりては罪にもやまかり当たらむと思ひたまへ憚る方多かれど」（薄雲②四四九〜四五〇）とされていた。『源氏物語』において、「罪」は多義的・多層的に用いられる語であり[5]、その軽重や規定を一概に扱うことはできないが、仏道を志す両者の発言において重々しく響いている。

また、弁は、長年祈願していた仏の加護によって、薫に秘密を打ち明ける機会を得たのだという。後の場面においても、「かかるをりもやと念じはべりつる力出で参できてなん」（橋姫⑤一六二）と述べている。一方、夜居の僧都は、「仏天の告げ」（薄雲②四五〇）があったためだとしており[6]、霊威の力にその機縁を求める思考も共通している。冷泉の側においては、より直接的な形で啓示として表れるのだが、それは僧都の語るところによると、冷泉が何も知らないことが「罪重」いためだという。ここで冷泉が「罪」を背負っているとされていることについては、次節で詳述する。

（薫）「さても、かく、その世の心知りたる人も残りたまへりけるを。めづらかにも恥づかしうも、おぼゆることの筋に、なほ、かく言ひ伝ふるたぐひやまたもあらん。年ごろ、かけても聞きおよばざりける」とのたまへば、（弁）「小侍従と弁と放ちて、また知る人はべらじ。一言にても、また、他人にうちまねびはべらず。……」　（橋姫⑤一六〇）

右は柏木の遺書を手渡される際の薫と弁との対話の一節である。秘密の露見を恐れる薫は、弁以外の人物にこの秘密を知る者はいないかと尋ねたところ、弁は小侍従と自分の他に秘密を知る者はいないと答えている。同趣の会話は、以下のように冷泉と僧都との間でも交わされていた。

（冷泉）「またこのことを知りて漏らし伝ふるたぐひやあらむ」とのたまはす。（僧都）「さらに。なにがしと王命婦とより外の人、このことのけしき見たるはべらず」（薄雲②四五二）

僧都と王命婦を除いては、秘密を知る人物はいないことが冷泉に確認されるのである。

このように、薫と冷泉とは作中で置かれた立場や境遇だけでなく、表現においても多くの共通点が見いだせる。また、俗体でありながら仏道修行に専念する宇治の八の宮に薫が興味を抱くきっかけとなったのは、冷泉院の御前で八の宮に近侍する阿闍梨からその噂を聞いたためであったが、そこでの冷泉院の言動に注目したい。

帝ほほ笑みたまひて、「さる聖のあたりに生ひ出でて、この世の方ざまはたどたどしからんと推しはかるるを、をかしのことや。うしろめたく思ひ棄てがたく、もてわづらひたまふらんを、もししばしも後れんほどは、譲りやはしたまはぬ」などぞのたまはする。（橋姫⑤一二九）

八の宮の姫君たちの話を耳にした際の冷泉の感想である。鄙びた暮らしをしながらも、琴に堪能であるという雅を備えた娘たちに好奇心を覚え、八の宮の没後は自らが世話をしようという。

一方で年若の薫は八の宮に関心を示すのであるが、それと対照的に好色な院の態度が描かれている。ここでの冷泉の姿は、後に宇治の姫君に心を奪われてゆく薫の在り方を先取りしているものであったといえよう。このような冷泉の描写は左の場面にも見出だせる。

帝は、御言伝てにて、「あはれなる御住まひを人づてに聞くこと」など聞こえたまうて、

（冷泉院）世をいとふ心は山にかよへども八重たつ雲を君やへだつる　（同一三〇）

冷泉の八の宮に対する贈歌である。かつての政治的確執をおくびにも出さず、八の宮を慕う心を伝えているのであるが、まさに、この歌のように薫は「世をいとふ心」を宇治の山里へと通わせる。薫が実際に宇治へ足を運ぶようになると、

峰の八重雲思ひやる隔て多くあはれなるに、なほこの姫君たちの御心の中ども心苦しう、何ごとを思し残すらん、かくいと奥まりたまへるもことわりぞかしなどおぼゆ。

（同一四八）

とあったように、都から「八重たつ雲」に隔てられた宇治に心を囚われていく。このように、橋姫巻の登場場面での冷泉は、暗に薫の先蹤となる形で描かれており、重なり合う点が見られる。

しかし、不義密通の結果出生するという両親の罪に対する両者の対応には明らかな違いがあるので、次節で検討したい。

二　不義の子の背負う罪

自身の出生が光源氏と藤壺との不義密通によるものだと知った冷泉の対応は以下のようなものである。誰かに相談することも叶わず、「御学問」によって、「さきざきのかかるのことの例はありけりや」（薄雲②四五五）と史上の先例を探し出そうとする。唐土においては皇統の乱脈が起こることもあったが、日本において少なくとも記録の上ではそのような歴史的事実を見つけ出すことはできない。一世の源氏が親王の地位を得て即位した例はあるのだからと、冷泉は源氏への譲位を思いつく。既に指摘されているように、ここでの冷泉の行動は源氏への「孝」を尽くそうとするものであり、実の父である光源氏をそれとして認知せず、臣下の地位に留めている冷泉には「不孝の罪」が生じているのである。(7)

薄雲巻において都で生じる天変は、為政者の失徳にたいする天譴として機能しており、ここには儒教的天命思想の論理が見いだせる。よって、冷泉が源氏に孝心を示すことで贖罪に相当する行為となり、天変はやがて終息するのであった。ただし、冷泉の「罪」の問題はここに完全なる解決をみるわけではなく、後に冷泉が皇統に血筋を残さなかったことが隠れた「罪」の報いであるかのように光源氏はとらえている（若菜下④一六五～一六六）。薫が大君や浮舟らと結ばれないことから、薫もまた罪の報いとして冷泉同様に後嗣を残すことができないとする読み方もあるけれども、(8) 少なくとも薄雲巻時点での冷泉の罪の在り方と薫のそれとは大きく異なっている。

かかること、世にまたあらんやと、心ひとつにいとどもの思はしさそひて、内裏へ参らんと思しつるも出で立たれず。宮の御前に参りたまへれば、いと何心もなく、若やかなるさましたまひて、恥らひもて隠したまへり。何かは、知りにけりとも知られたてまつらんなど、心に籠めてよろづに思ひゐたまへり。（橋姫⑤一六五～一六六）

右は、老女房の弁から柏木の遺書を見せられた後の薫である。「かかること、世にまたあらんや」と嘆きながら、誰にも相談できずにいる様子は薄雲巻での冷泉の姿と重なる。しかし、薫と冷泉が決定的に異なっているのは、出生の秘密を知ったことによっても、薫の行動が何ら変化しないことにある。母女三の宮のもとへ赴くも、何も切り出せないまま自分の心一つに留め置くのである。

老女房の弁の秘密語りはこれ以降の物語の展開に表面上何ら影響を及ぼさない。これは、自らの真の父を知った冷泉による光源氏への政治的支援が、無類の栄華の達成を実現させる主要因の一つになっているという第一部の構造とは対照的である。宇治十帖の物語の展開においては、薫の出生の問題はこれ以上追求される必要がなかった。また、冷泉のみが、背負い込んだ不孝の罪の解消を要求されるのは、物語の展開上の必要性に加えて、帝位に即いていることの意味が大きい。そのように考えれば、冷泉が「罪」の報いのような形で後嗣を残せなかったとされるのは、薫とは異なり、皇統の問題があったためではないだろうか。両親の密通という背景を背負う両者であるが、その罪の持つ意味と物語上の機能はこのように相違している。

出生の秘密に辿り着いた薫は、それによって新しい物語の展開を切り開くことはないものの、その内面にはいくらか影響を及ぼしていると思われる。

（薫）「さるは、おぼえなき御古物語聞きしより、いとど世の中に跡とめむともおぼえずなりにたりや」と、うち泣きつつのたまへば、……　（椎本⑤二〇〇）

八の宮の薨去後、弁と対面した後の薫の感慨である。「昔今をかき集め、悲しき御物語ども」を弁が語るうちには、柏木と女三の宮との出来事が含まれていたと思しい。八の宮の死によって、薫の出家遁世への思いは深まるのであるが、そもそも弁から自分が両親の不義密通から生れたと聞かされてから、一層道心を強めていたという。薫の道心と両親の不義密通はいかに関わるものであったか、次節では物語を少し遡ってみてゆきたい。

三　出生の秘密と道心

薫は、当初より自らの出生について苦悩し、道心を抱く人物として造型されている。出生への疑惑を負い目として背負い込むために、身の栄達や世評の高さとは裏腹に内向的な青年に成長したのであった。

幼心地にほの聞きたまひしことの、をりをりいぶかしうおぼつかなう思ひわたれど、問ふべき人もなし。宮には、事のけしきにても知りけりと思されん、かたはらいたき筋なれば、世とともの「いかなりけることにかは。何の契りにて、かう安からぬ思ひそひたる身にしもなり出でけん。善巧太子のわが身に問ひけん悟りをも得てしがな」とぞ独りごたれたまひける。

　　おぼつかな誰に問はましいかにしてはじめもはても知らぬわが身ぞ（⑤二三～二四）

薫が「幼心地にほの聞き」知った出生の秘密は、どこまでであったのかは不明であるが、光源氏が実の父親でないことには気付いているようである。しかし、事情を尋ねることができる者はおらず、母である女三の宮には秘密を知ったことを悟られないようにさえしている。懊悩を抱えこまざるを得ない自らの宿世を省みて、「善巧太子のわが身に問ひけん悟り」を得たいと願う。「善巧（せんけう）太子」（河内本では「瞿夷（くい）太子」）には「羅睺羅」や釈尊の前生の「善行太子」が想定されているが、なお不明な箇所である。(9) ここでは仏典に由来する語であることを確認しておきたい。生まれつき身体に芳香を備えるという特異な体質も、薫が仏によって異相を授けられていることを示唆するものであった。

これに続く条では、母女三の宮が若くして不可解にも尼となっているのは、何らかの事情があるのだろうと推察している。また、日々勤行に明け暮れているとはいえ、女人ゆえに悟りもおぼつかなく、罪障をも背負っているからと彼女の頼りない出家生活を心配している。

我、この御心地を、同じうは後の世をだに、と思ふ。かの過ぎたまひにけんも安からぬ思ひにむすぼほれてや、など推しはかるに、世をかへても対面せまほしき心つきて、元服はものうがりたまひけれど、すまひはてず、おのづから世の中にもてなされて、まばゆきまで華やかなる御身の飾りも心につかずのみ、思ひしづまりたまへり。（同二四〜二五）

ここで、薫は「同じうは後の世をだに」と願い、母がせめて来世では平安を得ることができるように、自らも出家して助けとなろうという。さらに、冥界を彷徨っているかもしれない亡き父柏木に来世で対面したいという思いを抱く。そのために、出家から遠ざかる元服を嫌がり、華やかな生活も意に染まぬものと控えめに過ごしている。

また、老女房の弁から出生の秘密を明かされた後には、いかなることといぶせく思ひわたりし年ごろよりも、心苦しうて過ぎたまひにけむいにしへざまの思ひやらるるに、罪軽くなりたまふばかり行ひもせまほしくなむ。（椎本⑤一七八）

と、自らの勤行によって亡き父の「罪」を軽減させたいとまで願っている。これは、立場は異なるけれど、藤壺においても、出家の後に実子冷泉の背負う罪を思い、「我にその罪軽めてゆるしたまへと仏を念じきこえたまふ」（賢木②一三八）とあったのに通じるものがある。出家によって、近親者の罪障の軽減を図ろうとするのである。出生の疑惑が出家へと結びつくことに関しては、「俗世的拠点を失うことになるのではないかという不安」が「俗世とは別の価値体系を持つらしい世界を、本能的に選びとらせていた」[10]といった理由付けもできるが、このように本文を辿ると、薫が世の栄華を身に浴びながらも出家を志向するのは、落飾した母のためであり、亡き父のためであった。薫の道心は父母への「孝」の実践と強く結びついているのである。

儒教を由来とする「孝」の観念は早くから仏教に取り込まれていた[11]のであるが、子の出家が父母の来世の平安をもたらす一助となることは、『仏説孝子経』等の仏典に説かれていることが指摘されており[12]、ここでも仏教的「孝」の思想が薫の論理となっている。先述のように、薄雲巻で冷泉が光源氏へ「孝」を尽くそうとする在り方には儒教的側面が強くみられたのであるが、ここでも冷泉と薫との対照性が確認されよう。物語は局面に応じて種々の思想を巧みに操り、物語の論理に組み込んでいるのである。

ただし、薫の道心は罪障を抱えた父母に対する「孝」の観念のみからなるものではない。出家遁世に憧れを抱くようになる薫の思考のうちには、栄達や結婚といった俗世での貴族生活を忌避し、そこから逃れようとする態度がみられる。次節では、そのような薫の厭世観について、両親の不義との関わりから考察したい。

四　「世」を厭う薫

薫は、その世評の高さに反し、世俗のことには無関心で結婚にも消極的であった。

世の中を深くあぢきなきものに思ひすましたる心なれば、なかなか心とどめて、行き離れがたき思ひや残らむなど思ふに、わづらはしき思ひあらむあたりにかかづらはんはつつましくなど思ひ捨てたまふ。（匂兵部卿⑤二九）

俗世を厭い、出家の妨げとなるのを避けるため、煩わしい女性関係は断ち切ろうとしている。そのような薫の態度に、「さしあたりて、心にしむべきことのなきほど、さかしだつにやありけむ」という伏線ともとれる語り手の揶揄が挟まれるのであるが、ここでの薫の厭世観は真実であったとみてよいだろう。

右の引用箇所における「世の中」について、諸注釈は「世の中」「俗世間」の意味で解するが、これは次のような用例から、「思ひすます」の語を「俗世間を離れて仏道に心を入れる」の意で解するためであろう。すなわち、『源氏物語』中で「世」「世の中」を「思ひすます」(13)(澄ます)」のは、「世を思ひすましたる尼君たち」(賢木②一三六)、「世を思ひ澄ましたる僧たち」(若菜上④四四)とあるように、すでに出家した人物たちであり、これらは「俗世を離れる」の意である。また、「思ひすます」は、明石や宇治といった地での隠棲生活について用いられる語でもあった。(14)しかし、幻巻で亡き紫の上を追慕し、我が人生を回顧する光源氏の「かくてもいとよく思ひ澄ましつべかりける世を、はかなくもかかづらひけるかな」(④五二五)という感慨において、ここでの「世」は光源氏の生涯全体を包摂するものとなっている。また、『夜の寝覚』で妻の大君に不貞を疑われた男君が「「我は我」と、世を思ひ澄みたるさま」(一七四)と嘆くのは「思ひ澄む」の例であるが、「世」は冷めきった夫婦の仲を指している。

周知のように「世」「世の中」は多義語であるが、ここで薫が「あぢきなきもの」に思う「世の中」には厭うべき「俗世」の意味合いに加えて、婚姻を前提とする「男女の仲」や自己の「人生」といった意が内包されているとみることができないだろうか。(15)自分の出生に思いを馳せた薫にとって、母女三の宮と見知らぬ亡き実父との間に何らかの不如意があったことを想像するのは容易であろう。また、女三の宮と光源氏との結婚生活の失敗、その悲劇的帰結に想到した際、夫婦生活そのものに対する根源的な絶望、さらに自己の人生に対する悲観が薫の胸に去来したとみて差し支えない。現世での一般的な貴族としての生き方を拒む薫の思考は、結婚生活及び彼の人生全体への諦観と地続きのものであったと考えられる。

また、後に薫の「法の友」として登場する宇治の八の宮もまた、自らを取り巻く「世」「世の中」への怨嗟、悲嘆を契機に仏道を志した人物であった。すなわち、格別な親王として栄華を期待されながら、源氏の政界復帰以降、時勢が一変してからは「世の中にはしたなめられ」（橋姫⑤一一七）、「深き契りの二つなきばかり」の北の方に先立たれてからは、「まいて、何か世の人めいて今さらにとのみ、年月にそへて世の中を思し離れ」（同一二一）とあるように、再婚は諦めて俗聖として過ごすことを決めたのであった。先にも触れたが、冷泉院の御前で八の宮山里暮らしの噂を阿闍梨から聞いた際は、

宰相中将も、御前にさぶらひたまひて、我こそ、世の中をばいとすさまじく思ひ知りながら、行ひなど人に目とどめらるばかりは勤めず、口惜しくて過ぐし来れ、と人知れず思ひつつ、俗ながら聖になりたまふ心の掟やいかに、と耳とどめて聞きたまふ。（橋姫⑤一二八）

と、自分が満足に仏道修行をなしえていないことを嘆き、俗体で勤行に励む八の宮に興味を抱

く。両者はその人生の体験によって「世の中」を詮無きものと思い悟った身の上であり、薫の敬慕のうちには八の宮に対する強い共感が籠もるのであった。

そして、そのような薫の厭世観も八の宮との親交を契機に変化を見せたことが後の場面で述べられている。

この君しもぞ、宮に劣りきこえたまはず、さまことにかしづきたてられて、かたはなるまで心おごりもし、世を思ひ澄まして、あてなる心ばへはこよなけれど、故親王の御山住みを見そめたまひしよりぞ、さびしき所のあはれさはさまことなりけりと心苦しく思されて、なべての世をも思ひめぐらし、深き情をもならひたまひにける。（宿木⑤四四二）

格別な待遇を得ていた薫は、悟り澄ました顔で「世」を思い捨てていたが、宇治の山里で寂しい暮らしをする八の宮と出会ってからは、人の情が芽生え、「なべての世」、すなわち自らを取り巻く世間や種々様々な人生の全般に目を向けるようになったというのである。さらに、薫は大君との出会いからますます「世」を捨て去ることが難しくなってゆく。

薫が垣間見ののち大君への恋に惑溺するに至って、「思ひしよりはこよなくまさりて、をかしかりつる御けはひども面影にそひて、なほ思ひ離れがたき世なりけりと心弱く思ひ知らる」（橋姫⑤一五二）と嘆く。また、大君に自らの恋情を訴える段では、「いとうちつけなる心かな、なほ移りぬべき世なりけり」（椎本⑤二〇六）と自らの恋心を自覚している。これらの「世」に対する想念には、俗世――恋愛――人生――を捨て去り切ることはできないという諦念が籠もるのであった。

さらに、大君との別れを経験した際には、世の儚さを痛切に思い知りながらも、なお「世」から離れることのできない薫の姿が浮かび上がる。

世の中をことさらに厭ひ離れねとすすめたまふ仏などの、いとかくいみじきものは思はせたまふにやあらむ、見るままにものの枯れゆくやうにて、消えはてたまひぬるはいみじきわざかな。……まことに世の中を思ひ棄てはつるしるべならば、恐ろしげにうきことの、悲しさもさめぬべきふしをだに見つけさせたまへと仏を念じたまへど、いとど思ひのどめむ方なくのみあれば、言ふかひなくて、ひたぶるに煙にだになしはててむと思ほして、……

（総角⑤三二八～三二九）

薫は、大君の死をもって仏が自らに俗世を厭い離れ、仏道に入ることを勧めるものかと疑う。しかし、亡き後も美しい姿を保つ大君を目の当たりにして、「世の中を思ひ棄てはつる」仏の導きならば、いっそ亡骸を恐ろしく醜い姿へと変え、悲しさもさめはてるようにして欲しいと願う。鬼気迫る薫の異常ともいえる祈念は、その悲しみの深さとともに、愛執の捨て去りがたさを示すのである。

このようにして、薫は「世」に対する諦観を抱き続けるも、人々との出会いや人生の様々な局面を迎えることで、自らの「世」を広げてゆき、その結果「世」への執着を深める。浮舟との物語においてもこの図式は繰り返され、どこまでいっても当初より願っていた出家にはついに辿り着けないのであった。

おわりに

以上、両親の不義密通によって誕生した薫が、背負い込んだ罪について、同じ境遇にあった冷泉との比較を通して、その内実と物語の展開に果たした機能を確認してきた。また、出生の暗部が薫の抱く道心といかに関わるのかを詳しく検討するとともに、道心と密接に結びついた厭世観がいかに変化するのかを述べた。浮舟との物語において、薫の「罪」として語られるものは「愛執の罪」(17)へと変わるのであるが、大君没後の宇治十帖後半の分析を課題として、筆を擱く。

『源氏物語』をはじめ諸作品本文の引用は、注記のない限り『新編日本古典文学全集』(小学館)により、巻名と頁数を記した。なお、私に表記を改めた箇所がある。

注

（1）室城秀之『うつほ物語　全　改訂版』（おうふう、一九九五）一六七頁
（2）藤井貞和「王権・救済・沈黙―宇治十帖論の断章―」（『源氏物語の始原と現在　付バリケードの中の源氏物語』岩波書店、二〇一〇所収。初出は一九七二）、森一郎「薫の道心と恋」（『源氏物語作中人物論』笠間書院、一九七九所収。初出は一九七六）等。
（3）日向一雅「「闇」の中の薫―宿世の物語の構造―」（『源氏物語の準拠と話型』至文堂、一九九九所収。初出は一九七六）
（4）老女房の弁の役割については、外山敦子「『源氏物語』老女房弁の「昔物語」―薫の〈原点回帰〉の契機として」（『日本文学』二〇〇三・二）が諸論を整理している。老人としての夜居の僧都と弁の語りの機能に着目した論に永井和子「老人の語りとしての源氏物語―虚構と時間―」（『源氏物語と老い』笠間書院、一九九五所収、初出は一九八二）がある。
（5）「罪」語の分析についての諸論に、野村精一「藤壺の「つみ」について」（『源氏物語の創造』桜楓社、一九六九所収。初出は一九五八）、重松信弘『源氏物語の仏教思想―仏教思想とその文芸的意義の研究』（平楽寺書店、一九六七）、多屋頼俊「源氏物語の罪障意識」（山岸徳平・岡一男編『源氏物語講座第五巻　思想と背景』有精堂、一九七一）など。
（6）本稿において、「仏天の告げ」は、都で起こる「物のさとし」（薄雲②四四三）と同一のものとみるが、これには異説も存在する。これ以降の議論は拙稿「『源氏物語』における冷泉帝の罪について」（『東京大学国文学論集』二〇一七・三）と重なる部分がある。

（7）田中隆昭「光源氏における孝と不孝――『史記』とのかかわりから――」（『交流する平安朝文学』勉誠社、二〇〇四所収、初出は一九九五）、中西紀子「冷泉帝の「御学問」――罪ある父への「孝」のかたち――」（『王朝文学研究誌』一九九六・〇三）、田中徳定「『源氏物語』にみる「不孝」とその罪の思想的背景」「『源氏物語』における天皇の孝心」『孝思想の受容と古代中世文学』新典社、二〇〇七所収、初出はそれぞれ一九九五、二〇〇一）など。

（8）前掲注二藤井論文、柳井滋「冷泉院の罪」（『リポート笠間』第九号、一九七三）など。

（9）高木宗監『源氏物語における仏教故事の研究』（桜楓社、一九八〇）等参照。藤井貞和「薫の疑いは善見太子説話に基づくか――阿闍世王コンプレックスと『源氏物語』」（『タブーと結婚「源氏物語と阿闍世王コンプレックス論」のほうへ』笠間書院、二〇〇七所収。初出は二〇〇五）は、阿闍世王（善見太子）を指すという説を提案。

（10）後藤祥子「不義の子の視点――「橋姫」～「総角」の薫」（『源氏物語の史的空間』東京大学出版会、一九八六所収。初出は一九七五）

（11）前掲田中徳定『孝思想の受容と古代中世文学』に詳しい。

（12）山崎誠「仏教的「孝」の観念――「宇治十帖」をめぐって――」（『中古文学』一九七四・一〇）

（13）『日本国語大辞典　第二版』（小学館）

（14）『源氏物語』中、「おもひすます」一三例のうち、明石の入道やその一族について用いられるのが、次の三例である。「行ひをして後の世のことを思ひすましつべき山水のつら」（明石②二三四）、「明石の入道、行ひ勤めたるさまいみじう思ひすましたる」（同二三七）、「いといたく思ひ澄ましたまへりし御住み処を捨てて」（松風②四一二）。また、宇治の八の宮について用いられるのが次の三例である。「心深く思ひすましたまへるほど、まことの聖の掟になん見えたまふ」（橋姫⑤一二八）、「親王の思ひすましたまへらん御心ばへ」（同一二九）、「よろづを思ひすましたる御住まひなど」（同一四二）。

（15）　鈴木日出男「「人」「世」「人笑へ」」（『源氏物語の文章表現』至文堂、一九九七）は「うしと思ひしみにし世もなべて厭はしうなりたまひて、かかる絆だに添はざらましかば、願はしきさまにもなりなましと思すには、……」（葵②五〇）について、「同じ「世」の語に即しながら、男と女の仲を厭う気持が、やがて俗世間をも厭う気持へと転じていく」としているが、当該場面と考え合わせてみたい。また、高木和子「物語の「世」について」（『源氏物語の思考』風間書房二〇〇二所収。初出は一九九四）は「世」という語について、「自己を取り巻く人間関係を、自己の人生そのものと一元的に発想する平安時代の人々の固有の世界認識の形」と説明している。

（16）　『新編日本古典文学全集』（小学館）頭注

（17）　鈴木日出男「愛執の罪」（『源氏物語虚構論』東京大学出版会、二〇〇三）

サイデンステッカー訳『源氏物語』正篇の〈涙〉

林　悠子

一　『世界文学としての源氏物語―サイデンステッカー氏に訊く―』における証言

エドワード・サイデンステッカー（Edward G. Seidenstícker 1921-2007）による英訳『源氏物語』（*The Tale of Genji*）は、一九七六年に Alfred A. Knopf 社より刊行された(1)。アーサー・ウェイリー訳（一九二五～一九三三）に次ぐ二番目の「完訳」である。ただし、ウェイリー訳は、「鈴虫巻」が完全に省略されているなど、厳密には「完訳」とは言い難く(2)、かつ、かなりの箇所において、ウェイリー独自の判断で原文を改変して訳出していることが知られている(3)。

ウェイリー訳の成果を踏まえて発表されたサイデンステッカー訳では、いきおい、より「忠実な」訳が意識されることとなった(4)。サイデンステッカー訳の「序文」では、ウェイリー訳が、鈴虫巻を完全に省略したのみならず、藤袴・幻両巻では巻名の由来となる歌を訳出せず、さらに、原文の装束や食事、儀式の長々とした叙述も省くなど、多くを省略する一方、独自の誇張や書き加えも認められ、それは「時に、物語の雰囲気や人物の心理的な性質を変えてしまうsometimes changing the tone of an episode or the psychological attributes of a character」ほどであるとして、省略や書き加えを排した新訳の意義を強調している。

そのような中で、「序文」にこそ言及がないものの、サイデンステッカー氏が英訳の際に、原文に頻出する〈涙〉の扱いに苦慮したことを一度ならず述べているのは注目に値する。(5) 伊井春樹編『世界文学としての源氏物語―サイデンステッカー氏に訊く―』所収の座談会では、(6)「『源氏物語』に涙が多いというのは確かです。翻訳では多少は削ったんですよ、涙の洪水（笑）」との発言があり、「とにかく文化が違うから、バカにされない程度に書き直すというつもりでしたね」と、英訳の読者が属する文化圏を想定しての処置であったことが語られている。また、作中で男性が泣くことについて「そんなに泣かなかったと私は思うけどね」、「枕が流れる」について「ちょっとextream（極端）」「滑稽になってしまう（笑）」との発言もある。

この座談会におけるサイデンステッカー氏の発言については、平川祐弘『アーサー・ウェイリー―『源氏物語』の翻訳者』、鈴木貴子『涙から読み解く源氏物語』(7) にも触れられており、英訳源氏研究の立場からも、作中の〈涙〉表現を分析する立場からも留意されるものであったことは間違いないだろう。

ただし、サイデンステッカー氏の発言は、あくまで翻訳の体験上の感覚によるものに過ぎず、「多少は削った」「バカにされない程度に、涙の洪水を小さくした」の実態がどの程度のものであるかは明確にされていない。

そこで、本稿では『源氏物語』の正篇のみという限られた範囲内ではあるが、原文の〈涙〉表現がサイデンステッカー訳でどのように訳出されているかを調べ、実際にどの程度の〈涙〉が削られたのかを明らかにしたい。

二 〈涙〉はどの程度削られたのか

サイデンステッカー訳でどの程度〈涙〉が削られたかを考えるにあたっては、先ず原文に書かれる〈涙〉の用例数を明確にする必要がある。しかし、これはそれほど簡単な話ではない。鈴木貴子氏は、直接的に涙を表す「泣く」「涙」のみならず、「しほたる」「(目を)押し拭う」などの表現、濡れた袖が涙を想起させる表現、風物の比喩表現などを含んだ「約八八〇例」を『源氏物語』の「涙表現」としている。(8)「泣く」「涙」の語の用例を検討するだけでは〈涙〉表現の把握としては不充分で、どの語を〈涙〉の表現と認めるか―ことに比喩表現をどこまで〈涙〉の表現として読み込むか―が、『源氏物語』をはじめとした古典の〈涙〉を考える上での難しさであろう。〈涙〉を判定する人によって解釈には幅があるだろうし、同じ人物が同じ語を解釈するのであっても、文脈によってその語が〈涙〉を示しているのか、示していないのか微妙な判断が必要となる場合が出てくるからである。

稿者は、『源氏物語』正篇の〈涙〉として五八六例を認め、そのうち、八四例がサイデンステッカー訳において「削られた」と考える。〈涙〉表現と判断する基準、また英訳において〈涙〉表現が「削られた」とする基準は、以下の通りである。

（一）原文の〈涙〉表現の用例調査には、サイデンステッカー訳の底本でもある、山岸徳平校注『日本古典文学大系一～四』（岩波書店、一九五八～一九六二）を用いる。

（二）「涙」「泣く」、「袖濡る」「しほたる」「目を押し拭う」「むせかへる」などの語のみならず、「露」や「虫の音」「鳥の声」など風物が〈涙〉の比喩表現として解せる場合も用例に含める。特に和歌の場合、風物の表現がそのまま詠み手の〈涙〉を表すかは、和歌中の他の語とのかかわりも視野に入れて吟味すべき微妙な問題であるが、(9) 今回の調査では〈涙〉の比喩として解釈可能な場合は、〈涙〉表現として認定する。

（三）「え忍びあへず」「え堪へず」などの語は、「涙をこらえられない、我慢できない」の意の可能性はあるが、文脈によっては〈涙〉と関わらないことも少なくないため、〈涙〉表現の用例としては採らない。ただし、〔A〕「みな人（元服ノ儀式ノ列席者）、涙おとしたまふ。帝、はた、ましてえ忍びあへ給はず」（桐壺・一 − 四八）のように、直前の〈涙〉表現から「涙をこらえられない」意であることが明確な場合は、〈涙〉表現として数える。

（四）英訳には、〈涙〉表現が完全に省かれている例、〈涙〉表現が「悲しみを表す表現」に書き換えられている例、泣き方の度合いが軽減されている例が認められる。いずれも、〈涙〉が「削られた」例として判断した。

（五）原文の〈涙〉の比喩表現は、現代語訳の際には「泣く」「涙」などの語を用いて、泣いていることを明確に示す場合が多いが、比喩表現のまま英訳されていても、〈涙〉は訳出されていると判断する。例えば、〔B〕「おはすべき所は、行平の中納言の「藻潮たれつゝわび」ける家居、近きわたりなりけり」（須磨・二 − 二三〇）が、英訳で「Not far away Yukihira had lived in exile, "dripping brine from the sea grass."」(231) とされているのは、〈涙〉が訳されている例として考えている。

以上の基準で数えた、英訳正篇で「削られた」〈涙〉は八四例で、これは正篇全体の用例の十四・三パーセントほどにあたる。この割合をどのように評価するかは難しいところであるが、それなりの頻度で〈涙〉は削られているといえ、サイデンステッカー氏が翻訳時にとりわけ苦慮した出来事として〈涙〉の問題を語るのもうなずけよう。ただし、次節以下に見ていくように、〈涙〉が削られたかなりの箇所において、その前後に〈涙〉表現が認められ、重複を避けるための処置であったことがうかがえる。

〈涙〉の男女比の問題についても述べておきたい。今回調査した『源氏物語』正篇の〈涙〉のうち、男性／男性たちの〈涙〉は二九二例、女性／女性たちの〈涙〉は二六八例、その他、男女ともに〈涙〉を流す場合・〈涙〉を流すのが人間以外の場合などは二六例だった。英訳で削除された〈涙〉は、男性／男性たちの〈涙〉が三七例(10)、女性／女性たちの〈涙〉が四〇例(11)、その他が七例(12)だった。サイデンステッカー氏が、『源氏物語』の男性の作中人物がよく泣くことに疑問を抱いていたことは先に見たが、英訳に際して、意識的に男性の〈涙〉を削った訳ではないことが、明らかになったと考える。

三　〈涙〉の削られ方（一）

以下、サイデンステッカー氏が〈涙〉を削る際の具体的な方法について、検討していきたい。前節でも触れた通り、英訳で〈涙〉が削られる例では、前後で同一人物もしくは、同座している別の人物が〈涙〉を流している場合がかなりある(13)。例として、次に掲げる幻巻の引用を検討してみたい。

〔原文　日本古典文学大系四巻　一九八頁〜九頁　改行は私に改める。以下も同じ。〕

〔C〕（源氏）「（前略）……宿世のほども、みづからの心の際も、残りなく見果てゝ、心安きに、いまなん、露のほだしなくなりにたるを。これかれ、かくて、ありしよりけに、目馴らす人々の、「今は」とて、行き別れむほどこそ、いま一きはの心、亂れぬべけれ。いと、はかなしかし。わろかりける、心の程かな。」とて、御目おしのごひ、隠し給ふに、まぎれなく、やがてこぼるゝ御涙を、見たてまつる人〳〵、ましてせきとめむ方なし。さて、うち捨てられたてまつりなんがうれはしさを、おの〳〵、うち出でまほしけれど、さもえ聞えず、むせ返りてやみぬ。

〔サイデンステッカー訳　724〜725〕

"[.....] I see and accept my own inadequacies and the disabilities I brought with me from other lives. There is nothing, not the slenderest bond, that still ties me to the world. No, that is not true: there are you who seem so much nearer than when she was alive. It will be very hard to say goodbye."

He dried his tears and still they flowed on. The women were weeping so piteously that they could not tell him what sorrow it would be to leave him.

紫の上を喪った光源氏が、生前の紫の上に仕えた女房たちを相手に、出家の決意を匂わせながら、近い将来の女房たちとの別れを惜しむ場面である。光源氏も女房たちも共に〈涙〉に暮れ、光源氏は傍線部一箇所、女房たちは二重傍線部、二箇所に〈涙〉表現が認められるが、英訳では、女房たちの〈涙〉表現がまとめられた形で訳出されている。

次に挙げるのは、須磨巻の引用である。

〔原文　日本古典文学大系　二巻一四頁〜五頁〕

〔D〕大臣、こなたに渡り給ひて、対面し給へり。「つれ〴〵に籠らせ給へらむほど、何と侍らぬ昔物語も、まゐり來て聞こえさせん」と、思ひたまふれど、身の病おもきにより、おほやけにも仕うまつらず、くらゐをも返したてまつりて侍るに……（略）あめの下を、さかさまになしても、思ひ給へよらざりし御あり様を見給ふれば、よろづ、いと、あぢきなくなん」ときこえ給ひて、いたう、しほれ給ふ。（源氏）「とある事も、かゝることも、前の世の報にこそ侍るなれば、いひもて行けば、たゞ、身づからの怠りになむ侍る。（後略）」など、細やかに、きこえ給ふ。むかしの御物語、院の御事、おぼしの給はせし御心ばへなど、きこえ出で給ひて、（大臣ハ）御直衣の袖も、えひきはなち給はぬに、君も、え心づよくもてなし給はず。

〔サイデンステッカー訳　220〜221〕

The minister, his father-in-law, came in. "I know that you are shut up at home with little to occupy you, and I had been thinking I would like to call on you and have a good talk. I talk on and on when once I let myself get started. But I have told them I am ill and have been staying away from court, and I have even resigned my offices; [....] I would have expected the world to end before this was allowed to happen, and I see not a ray of light in it all.”

“Dear sir, we must accept the disabilities we bring from other lives. Everything that has happened to me is a result of my own inadequacy. [....]”

Brushing away tears, the minister talked of old times, of Genji's father, and all he had said and thought. Genji too was weeping.

左大臣邸で涙ながらに別れを惜しむ光源氏と左大臣の、長い会話文が続く場面である。ここでも、英訳では原文の二重傍線部の左大臣の〈涙〉を削り、二箇所に書かれる左大臣の〈涙〉を整理したのだと考えられよう。

先に挙げた幻巻の例とは異なり、当該箇所の英訳では引用符によって左大臣と光源氏の発話が区切られ、原文二重傍線部、左大臣の〈涙〉を含む「ときこえ給ひて、いたう、しほれ給ふ。」の箇所を省略することが可能になっている。このような例については、実はサイデンステッカー氏自身も意識的だった。翻訳が完成した一九七四年に発表された「紫式部に忠実であるということ」(14)では、英訳で「涙をいくらか刈り込むということ」には「技術的な理由」もあると述べ、『源氏物語』に〈涙〉が多いのは、「引用符という便利なもの」が利用できない代わりに、誰が話しているのかを「のたまふ」「言ふ」などの言葉で常に明示しなければならないため、「のたまふ」「言ふ」の代わりに話者が泣いている様子が描くことで単調さを避けようとする傾向があるのではないかと推察している。その上で、「けれどもこれが英語なら、主語を明示すること、それに引用符という便利なものがあって、こんな不安は起きないですむわけで、だとすると二度目の涙にはご遠慮願っても、別に不都合は生じないのではありますまいか」と述べている。引用符によって会話文の話者を明確にすることで、話者の「〜と泣く」型の〈涙〉が削られている例の原文と英訳の該当頁を注に掲げる。[15]

加えて興味深いのは、同一場面で複数人物が〈涙〉を流している場合に、そのうちの一人の〈涙〉が削られる例がかなり見られることである。例えば先掲〔A〕「みな人（元服ノ儀式ノ列席者）、涙おとしたまふ。帝、はた、ましてえ忍びあへ給はず」（桐壺・一－四八）では、「There was not a person in the assembly who did not feel his eyes misting over. The emperor was stirred by the deepest emotions.」（列席者で涙で目が曇らなかった人はいなかった。桐壺帝は最も深い感動をかき立てられた。）と、帝の〈涙〉を「帝が感動した」と書き換えている。〈涙〉を流している主体は異なるとはいえ、〈涙〉表現が重複するのを避ける処置であると考えられる。

〔E〕は、加持祈祷を受けている葵の上が、光源氏と二人だけの対面を望む場面である。

〔E〕御手をとらへて、（源氏）「あないみじ。心憂き目を見せ給ふかな」とて、物も、え聞こえたまはず、泣きたまへば、例は、いと、わづらはしく、恥づかしげなる御まみを、いと、たゆげに見上げてうちまもり聞え給ふに、涙のこぼるゝさまを、み給ふは、いかゞ、あはれの浅からん。

（葵・一－三三三）

He took her hand. "How awful. How awful for you." He could say no more. Usually so haughty and forbidding, she now gazed up at him with languid eyes that were presently filled with tears. How could he fail to be moved? (168)

病重く、「むげに、限りのさま」（一－三三三）に見える葵の上の手を取って泣く、二重傍線部の光源氏の〈涙〉が英訳では省略されている。しかし、〈涙〉を浮かべながら光源氏を見上げる通常とは異なる葵の上の様子は丁寧に訳出されていることから、英訳においても、両者が共に〈涙〉を流し一瞬の共感が生まれていることを読み取ることはそれほど困難ではない。そのため実はこの場面の葵の上の正体が、葵の上に取り憑いた六条御息所の生霊であることが明かされていく衝撃的な展開の効果は英訳においても、薄れていないと言えよう。

ここで想起したいのが、『源氏物語』正篇には「涙の共有」が多数認められるという鈴木貴子氏の指摘である[16]。氏は、光源氏を中心とした登場人物たちが同一場面で共に〈涙〉を流すことで、悲しみや感慨を共有する共同体的な空間が浮かび上がって来るのだとされる。サイデンステッカー訳が削るのはまさにこの共有された〈涙〉の一部なのであり、一人分の〈涙〉表現が削られようとも、「涙の共有」が描かれる場面に繰り返し触れてきた読者は場面の登場人物たち全員が〈涙〉を分かち合っている情景をおのずと思い浮かべることが可能になっているのである。

以上、サイデンステッカー訳の〈涙〉は、用例数の上ではそれなりに「削られた」ものの、重複する〈涙〉を整理した例が一定数を占めることを確認してきた。そこには、「忠実」な訳を目指す訳者の慎重な姿勢を見て取れると考える。

四　〈涙〉の削られ方（二）

『源氏物語』正篇の〈涙〉は、悲しみを表現することが最も多いが、感動や喜び、怒りを表現することもある。ここでは、うちとけた者同士が、悲しみも喜びも語り合って共有する際の表現である、「泣きみ笑ひみ」のサイデンステッカー訳における扱いに注目してみたい。

〔F〕（三位中将ハ）……月頃の御物語、泣きみわらひみ、「わか君の、何とも世を思さで物し給ふかなしさを、大臣の、あけくれにつけて、思し嘆く」など語り給ふにに、たへがたく思したり。（須磨・二－五〇）

Weeping and laughing, they talked of all that had happened over the months.
"Yugiri quite rips the house to pieces, and Father worries and worries about him." (244)

〔G〕はかなき事を聞えなぐさめ、泣きみ笑ひみ、（末摘花ヲ）まぎらはしつる人さへなくて……　（蓬生・二－一五一）

The last friend with whom she could exchange an occasional pleasantry had left her. (297)

〔H〕……など、（源氏ハ明石君ニ）来し方のことゞも、のたまひ出でゝ、泣きみ笑ひみ、うちとけのたまへる、いとめでたし。（松風・二－二〇二）

He was so open, so sure of himself. She was more in love with him than ever. (325)

〔I〕……（源氏モ内大臣モ）かの、いにしへの、雨夜の物語に、色〳〵なりし御むつごとの定めをおぼし出でて、泣きみわらひみ、みな、うち亂れたまふ。（行幸・三－八三）

As they rememberd the confessions made and the conclusions reached that rainy night, they laughed and wept and the earlier stiffness disappeared. (475)

〔J〕……など、（柏木ハ）いと弱げに、殼のやうなるさまして、泣きみ笑ひみ、（小侍従ト）かたらひ給ふ。（柏木・四－一六）

A hollow shell of his old self, Kashiwagi was meanwhile adressing Kojiju in a faltering voice sometimes interrupted by a suggestion of a laugh.　(638)

物語正篇の「泣きみ笑ひみ」五例のうち、そのまま訳出されたのは、須磨巻の〔E〕と行幸巻の〔H〕のみで、いずれも光源氏とかつての頭中将とが一定期間を隔てて再会する場面である。その他、光源氏が明石君と再会する〔G〕ではうちとけた光源氏に明石の君の愛情が増したと完全に書き換えられ、末摘花の寂しい日常の中でのささやかな喜びや悲しみを共有する女房すらいなくなったことが書かれる〔F〕、死の床にある柏木と小侍従の会話〔I〕では、「泣きみ笑ひみ」の〈涙〉が削られ、〔F〕では「時たまかわす冗談」、〔I〕では「かすかな笑い」のみが訳出されている。いずれも、「泣くと同時に笑う」という複雑な心情よりも、分かりやすさが優先されたのだと思われる。

類例として考えて良いと思われるのが、次に挙げる真木柱巻の、式部卿宮北の方の〈涙〉の扱いである。

〔K〕宮には、まちとり、いみじうおぼしたり。母北の方、なき騒ぎ給ひて……　（三－一三七）

If it was an angry father who awaited her, it was a still angrier mother.　(501)

髭黒が玉鬘を迎えたことを、光源氏・紫の上方の責任だとして「なき騒ぎ給ふ」北の方の様子は、英訳では「式部卿宮にまして怒れる母北の方」と書き換えられている。「さがな者」の母北の方は英訳では「a strong-minded woman」と説明されており、母北の方の「強さ」と〈涙〉は両立しにくいという判断が働いたものと考えられよう。

五　〈涙〉の削られ方（三）

英訳完成と同年に発表された先掲「紫式部に忠実であるということ」および、第一節に触れた座談会におけるサイデンステッカー氏の発言からは、氏が作中の〈涙〉を悲しみを誇張して伝える比喩表現であり、作中人物たちが実際に泣いているわけではないと考えていることがうかがえる。(17)サイデンステッカー訳には、〈涙〉の程度・度合いを軽減したと考えられる例があるので、最後に手短に見ておきたい。

正篇の英訳で〈涙〉の度合いを軽減した例として、次の四例を確認した。

〔L〕九月廿日のほどにぞ、おこたりはて給ひて、いといたく面やせ給へれど、中〳〵、いみじくなまめかしくて、（源氏ハ）ながめがちに、ねをのみ泣き給ふ。（夕顔・一一六四）

By the end of the Ninth Month he was his old self once more. He had lost weight, but emaciation only made him handsomer. He spent a great deal of time gazing into space, and sometimes he would weep aloud. (78)

〔M〕さるは、（源氏）「かぎりなう、心を盡くし聞こゆる人に、いとよう似たてまつれるが、まもらるゝなりけり」と、おもふにも、涙ぞ落つる。（若紫・一－一八八）

And the sudden realization brought him close to tears: the resemblance to Fujitubo, for whom he so yearned, was astonishing. (88)

〔N〕帝、御心動きて、別れの御櫛たてまつり給ふ程、いとあはれにて、しほたれさせ給ひぬ。（賢木・一－一〇）

The emperor was near tears as he put the farewell comb in her hair. (190)

〔O〕（落葉宮）「うき身づからの罪を、思ひ知るとても、いと、かうあさましきを、いかやうに思ひなすべきにかはあらむ」と、いとほのかに、あはれげに泣い給うて……（夕霧・四－一〇五）

"I am sure I have been guilty of errors in judgment, but nothing has prepared me for this." Her voice, very soft, seemed on the edge of tears. (681)

〔L〕は、夕顔を喪った光源氏が日々を過ごす様子が「音をのみなき給ふ」と表現される箇所で、英訳では「時たま声を上げて泣く」と泣く頻度が軽減されている。〔M〕は光源氏が北山で若紫を垣間見る場面で、若紫が藤壺に似ていることの感動から光源氏は自然と涙を流すわけであるが、英訳では「そして突然の認識が彼を今にも泣きそうな状態にした　And the sudden realization brought him close to tears」と、泣く寸前の光源氏の様子として訳出されている。〔N〕は斎宮が朱雀帝に別れの小櫛を賜る場面。斎宮の様子に心を動かされた帝は、「しほたれさせ給ひぬ」とあるが、英訳では「帝は今にも泣き出しそうだった　The emperor was near tears」とされる。〔O〕は夕霧の強引な求愛を受けた落葉の宮が御簾越しに「いとほのかに、あはれげに泣い給う」様子を「彼女のとても小さな声は、今にも泣きそうだった Her voice, very soft, seemed on the edge of tears」と訳している。

いずれも読者に強い印象を残す場面と思われ、サイデンステッカー氏がこれらの場面の〈涙〉をあえて軽減した理由は必ずしも明確ではないが、〔M〕〔N〕〔O〕では、作中人物たちが実際に泣いているとする描写を、「今にも泣き出しそう」と訳出する手法が一貫していることは確認できよう。

なお、紙幅の関係もあり詳述する余裕はないが、第一節に引用した座談会でサイデンステッカー氏が「extream（極端）」「滑稽」と評した「枕が流れる」〈涙〉の誇張表現については、少なくとも正篇の二例〔P〕「涙おつともおぼえぬに、枕うくばかりになりにけり。」（須磨・二－三八）〔Q〕「（柏木ハ）枕も浮きぬばかり、人やりならず、ながし添へつつ」（柏木・四－一二）がそれぞれ、「Though he was unaware that he wept, his tears were enough to set his pillow afloat」(236)「His pillow threatend to float away on the river of his woes」(637)、と「枕が流れる」比喩表現を残したまま訳出されていることを付言しておきたい。(18)

六　おわりに

以上、本稿ではサイデンステッカー訳『源氏物語』正篇における〈涙〉の扱いについて、訳者の証言をもとに、その実態を探ってきた。正篇全体の一割強の〈涙〉が「削られている」ことは確かであるものの、サイデンステッカー氏が述べる通り、会話文を中心とした場面の中で重複して描かれる〈涙〉を「削る」など、大幅な改変を避ける訳者の姿勢が認められた。また、サイデンステッカー氏自身は、『源氏物語』の〈涙〉の中でも、「男の〈涙〉」により西欧圏との文化差を感じていたことがうかがえるものの、用例数の上ではむしろ女性の登場人物の〈涙〉を多く削っており、「男の〈涙〉」を削ることで、文化差を埋めるような調整はしなかったことが、明らかになったと言えよう。全体を通して、サイデンステッカー氏自身の発言から受ける印象よりも、氏の〈涙〉の「削り方」は抑制的であるというのが、稿者の結論である。

今回は、充分に調査出来なかったが、サイデンステッカー訳には、〈涙〉がむしろ書き加えられている箇所があることも、複数確認してる。調査が及ばなかった続篇の〈涙〉の訳され方の問題と併せて、今後の課題としたい。

注

（1）本稿におけるサイデンステッカー訳の引用は、Seidensticker, Edward. G. *The Tale of Genji*. Alfread A. Knoph, New York, 1976による。
（2）ウェイリー訳の省略箇所については、緑川真知子「ウェイリー訳『源氏物語』における省略について」『『源氏物語』英訳についての研究』（武蔵野書院、二〇一〇）を参照。
（3）平川祐弘『アーサー・ウェイリー――『源氏物語』の翻訳者』白水社、二〇〇八、前掲注（2）緑川書。
（4）「忠実」の語は、E.G. サイデンステッカー「紫式部に忠実であるということ――『源氏物語』を英訳して――」『西洋の源氏　日本の源氏』笠間書院、一九八四（初出一九七四）に拠る。
（5）前掲注（4）サイデンステッカー論文および、伊井春樹編『世界文学としての源氏物語――サイデンステッカー氏に訊く――』笠間書院、二〇〇五。同書伊井春樹氏の発言により、一九七四年六月一日全国大学国語国文学会に於けるサイデンステッカー氏の講演でも、同様の言及があったことが分かる。ただし、全国大学国語国文学会の機関誌『文学・語学』には、サイデンステッカー氏の講演録は残されていない。
（6）二〇〇三年九月、参加者はサイデンステッカー氏のほか、伊井春樹氏・加藤昌嘉氏・藤井由起子氏。

（7）前掲注（3）平川書、鈴木貴子「おわりに」『涙から読み解く源氏物語』笠間書院、二〇一一。

（8）前掲注（7）鈴木書。

（9）室田知香「六条御息所の涙と風景――『源氏物語』賢木巻「おほかたの秋の別れも」の歌は誰の歌か――」『群馬県立女子大学　国文学研究』第三十九号　二〇一九・三

（10）以下に、英訳「削られた」男性の〈涙〉の用例が見える大系本の巻名・分冊数・頁数と対応する英訳の頁数を示す（注（11）以下も同様）。桐壺・一-四三／13、桐壺・一-四八／17、夕顔・一-一五二／73、夕顔・一-一五三／74、夕顔・一-一六四／78、若紫・一-一八五／88、葵・一-三三三／168、葵・一-三四〇／171、葵・一-三五二／178、葵・一-三五三〜四／179、賢木・一-三七四／190、須磨・二-一三〜四／220〜1、須磨・二-二二／225、須磨・二-四三／239、明石・二-六二／250、明石・二-六七／253、明石・二-六七／253、明石・二-七一／255、澪標・二-一一三／277、絵合・二-一八七／316、松風・二-二〇二／325、松風・二-二〇九／329、朝顔・二-二六八／358、朝顔・二-二六九〜七〇／359、少女・二-二八二／364、少女・二-三一一／377、篝火・三-四二／456、野分・三-五一／460、若菜下・三-三八四／619〜20、柏木・四-一六／638、柏木・四-一八／640、柏木・四-二三〜四／642、横笛・四-七一／666、夕霧・四-一三一／693、夕霧・四-一六四／709、御法・四-一八九／721、幻・四-一九八／724。

（11）桐壺・一-三〇／5、桐壺・一-三四〜五／7〜8、桐壺・一-三七〜八／9〜10、夕顔・一―一七三／82、若紫・一―二二一／106、末摘花・一―二四六／119、末摘花・一―二二五／123、須磨・二―一七／222、須磨・二―二四／226、明石・二―八九／266、明石・二―九五／269、澪標・二―一〇二／272、澪標・二―一一九／281、蓬生・二―一五一／297、松風・二―一九八～九／322、薄雲・二―二一八～九／333、薄雲・二―二一九／333、少女・二―三一六／380、初音・二―三八八／415、行幸・三―七四／471～2、真木柱・三―一二二／493、真木柱・三―一三〇／496、真木柱・三―一三四／499、真木柱・三―一三六／500～1、真木柱・三―一三七／501、若菜上・三―二九〇～一／576、若菜上・三―二九六～七／578、若菜下・三―三五二～三／605、若菜下・三―三八一／618、柏木・四―四一／650、柏木・四―四二／651、夕霧・四―一〇三／680、夕霧・四―一〇五／681、夕霧・四―一二八／691、夕霧・四―一三二／693、夕霧・四―一四八／702、夕霧・四―一六七～八／711、御法・四―一七九／716、御法・四―一八二／717、幻・四―一九八／725。

(12) 桐壺・一―三二／6、賢木・一―三九三／201、賢木・一―四〇〇／206、明石・二―六〇／249、若菜上・三―二三三／547、柏木・四―三九～四〇／650、柏木・四―四一／651。

(13) 英訳で「削られた」〈涙〉のうち、同一場面で同一人物が〈涙〉を流している例として、桐壺・一―三七～八／9～10、夕顔・一―一五二／73、夕顔・一―一五三／74、若紫・一―二二一／106、葵・一―三四〇／171、葵・一―三五二／178、葵・一―三五三～四／179、須磨・二―一三～四／220～1、須磨・二―二四／226、明石・二―七一／255、明石・二―八九／266、絵合・二―一八七／316、朝顔・二―二六九～七〇／359、少女・二―二八二／364、少女・二―

三一六／380、真木柱・三－一三二／493、真木柱・三－一三四／499、真木柱・三－一三六／500～1、若菜上・三－二九六～七／578、若菜下・三－三八一／618、三－三八四／619～20、柏木・四－二三～四／642、夕霧・四－一二八／691、夕霧・四－一四八／702、夕霧・四－一六七～八／711、幻・四－一九八／724、幻・四－一九八／724、幻・四－一九八／725が挙げられる。また、同一場面で別の人物が〈涙〉を流している例は、桐壺・一－四八／17、葵・一－三三三／168、賢木・一－四〇〇／206、須磨・二－一七／222、須磨・二－四三／239、澪標・二－一〇二／272、薄雲・二－二一八～九／333、薄雲・二－二二九／333、若菜上・三－二三三／547、若菜上・三－二九六～七／578、柏木・四－一八／640、御法・四－一七九／716、御法・四－一八二／717。

(14) 前掲注（4）サイデンステッカー論文。

(15) 桐壺・一－三四～五／7～8、桐壺・一－三七～八／9～10、末摘花・一－二二五／123、葵・一－三四〇／171、葵・一－三五二／178、須磨・二－一三～四／220～1、須磨・二－一七／222、松風・二－二〇九／329、薄雲・二－二一八～九／333、薄雲・二－二二九／333、少女・二－三一六／380、真木柱・三－一三六／500～1、若菜上・三－二九〇～一／576、若菜上・三－二九六～七／578、若菜下・三－三八一／618、柏木・四－二三～四／642、夕霧・四－一〇三／680、夕霧・四－一三二／693。

(16) 鈴木貴子「葵の上の死と涙―光源氏と左大臣家の関わり」前掲注（7）鈴木書。

(17) 英訳と同年に発表された、前掲注（4）サイデンステッカー論文では、葵の上亡き後に頻出する光源氏と左大臣の〈涙〉について「源氏は政治の実際にたずさわっている人で、義父の左大臣にしてもこれは同じです」「執務時間中に何時間も泣いて過ごすなどということはありそうにもないことです」と述べ、「悲しみにたいするひとつの文学上の反応の型」として〈涙〉が書かれるという認識を示している。また、前掲注（5）の座談会では、二〇〇三年のツベタナ・クリステワ『涙の詩学―王朝文化の詩的言語―』（名古屋大学出版会、二〇〇一）に触れ、「「涙」は和歌的な表現」としている。

（18）続篇の二例、（宿木・五―五五／897、浮舟・五―二七一／1010）では、後者の英訳のみ「彼女（浮舟）は、彼女たち（右近と侍従）が退出し、一人で泣かせて欲しいと願った」と「枕が涙に浮く」表現が削除されている。

III

記録と日記

王朝記録文化の独自性と「日記」

Antonin Ferré

はじめに

『土佐日記』『蜻蛉日記』『紫式部日記』などの「日記文学」をひとつの文学領域として独立させ、その他の「日記」から分断することは、国文学では従来の常識となっている。確かに、記主の主観性を関与させながら事件を綴るという傾向を示す「日記文学」と、実用的な備忘録に留まりがちな「記録」とを完全に同質のものとして扱うことには違和感を覚える。ところが、我々が「日記文学」と呼ぶ作品群は、従来指摘されてきた通り統一したジャンル意識を共有するどころか、そもそもひとつの文学ジャンルを形成し得るほどの統一性がない。のみならず、いわゆる「日記文学」の多くの作品については「日記文学」以外の「日記」との動態的な関係が確認でき、さらにそうした関係を梃子《テコ》にして自己形成を遂げた作品も少なくない。例えば、

『紫式部日記』が「女房日記」と通称される仮名記録との対話を通して発生したという事実は古くから指摘されてきたが[1]、『蜻蛉日記』についても、作者が通常の記録類に見られる先例意識に基づいた読み方を読者に要求しているということは明確にされているのである[2]。さらに『土佐日記』に関して言えば、紀貫之が記主の自己表現の仕方においては「競狩記」「宮滝御幸記」などの「記」から学び得た点が多く、またそうした類似点からこそいわゆる「女性仮託」の意味を再検討すべきであるということを稿者は提案したことがある[3]。そこからしてみると、国文学では「日記文学」と一律に定位してしまう諸々の作品が、互いに共通したジャンル意識を支柱にして成立したというよりも、それぞれ独自の関わり方で、背景にある記録文化に拠り立ちながら「日記」なるものを独創的な形で捉え直すものとして現れてきた、と見ておいた方が妥当であろう。

本稿では、以上のような「日記文学」と「日記」との関係を個別の作品に即してではなくより一般的に理解するために、「日記文学」の母体となった記録文化の具体的なあり方に照明を当ててみたい。数多くの「日記」を書き、かつ読んでいた平安貴族が豊かな記録文化を共有していた事実を否定する者はなかろう。また、私日記であれ公日記であれ、そうした記録文化を構成する各種の記録については多数の考察が蓄積されており、それぞれの実態がわりあい明確にされているのである。しかしながら、それらの様々な記録を互いに結び付け、「日記」という語に統一されているこの記録文化は、全体としてどのような体系を持ち、またどのような歴史的な条件のもとで生まれたのか、といった課題は現在もなお取り残されている。吉野瑞恵氏は、ここ十年間の日記文学研究の動向とこれからの展望を示した近時の論で、歴史学の分野で積み重ねられた成果を「日記文学」の研究の中で活かすべきことを今後のひとつの課題として挙げているが[4]、稿者は吉野氏の見解に深く共感しつつも、歴史学の中でも若干の整理が必要なのではないかと感じる。

本論では、以上のような理解を基礎にしつつ、比較的自由に書かれた「日記」に基盤を持つ王朝記録文化の独自性を、当時の中国における記録のあり方と照らし合わせて明確にしたいと思う。遠回りにも思えるかもしれないが、世界的に見て成立が非常に早い自伝文学としての「日記文学」の誕生を理解するためには、こうした文学表現を可能にした歴史的背景を追究することも必要であろう。

一　記録と修史機構の関係

欧陽脩の『于役志』や黄庭堅の『宜州家乗』などの個人的な記録が多く書かれるようになった宋代以前の中国においては[5]、記録という営みは原則として国家の正式な史書「正史」の編纂事業と密接に関わっていたのである。[6] 無論例外はなくもない。例えば、唐の李翺《りこう》が元和四年（八〇九）正月洛陽を出て、同六月広州へ着くまでの旅程を書き記した『来南録』（四庫全書本『李文公集』巻十八所収）や、今は散佚しているが「其の記す所は蒱飲《ほいん》（＝賭博と酒宴）・交通・評議に過ぎず、以《もっ》て唐末風俗の弊見《あら》はるる有り」（『文献通考』巻百九十八）と評された晩唐の『崔氏日録』などは、正式な歴史書への編修を標榜したものとは考えにくい。しかしながら、管見に入る限り、政府の管轄下で行われた記録はもちろんのこと、特定の官司とは関係なく作られた記録も、編纂材料として実際に用いられたかどうかは別として、修史事業への関与を何らかの形で意識していたものだったと見える。例えば、中央アジア・インドにおける玄奘《げんじょう》の見聞録『大唐西域記』のごときは、事件の記録というよりも地誌に近い性質のものだったが、その編纂を命じた太宗皇帝の勅に「仏国遐遠《かえん》にして、霊跡・法教は前史に委詳すること能《あた》はず。師は既《すで》に親観したれば、宜しく一伝を修して、以て未聞に示すべし」（『大唐大慈恩寺三蔵法師伝』巻六所収）とあるように、通常の修史機構の枠外で作られた『大唐西域記』でさえ、前史の闕を補うという意識に基づいて編修されたのであった。なお、記録と修史事業を分かち難く結び付ける理念の普遍性を一層明らかに示すのは、皮肉にも「佚事小説」である。そこで伝えられる逸話・巷説の類はそもそも正史に組み入れられるべき性質のものではなかったが、志怪小説『捜神記』の著者である干宝が「古《いにしへ》の良史」（『春秋左氏伝』宣公二年）と評価された董狐に倣って「鬼の董狐」（『世説新語』巻二十五、排調）と言われたこと、また、正史に漏れた実在人物の逸話をそれなりの虚構を交えて集めた李肇《りちょう》も「国史を補う」という意味を込めて自らの作品を『国史補』と命名したことは、もちろん低く評価された「小説」というジャンルに「正史」に準ずる価値を与えようとする弁明ではあるが、他方ではその類の作品が目指した実録を正史編纂という事業に固く結び付ける当時の観念を忠実に反映するのであろう。

記録という技術を中国に学び、また中国の正史に倣って国家の正式な歴史書としての「国史」の編纂に励んだ古代日本においても、そうした理念は当然ながら強い影響力を持っていた。律令の制定時、中国の様々な制度が輸入される中で隋・唐制に範を仰いだ修史機構も設置された(7)が、各司に設けられた「史生《ししょう》」という記録係を介して政府に幅広い基盤を持っていたこの機構が、記録と史書編纂を繋ぎ合わせる中国の観念をきわめて具象的な現実として社会に定着させたと評価できる。とはいえ、ある個人が以上のような記録組織の枠外へ記録という営みを持ち出し、結果として生まれた記録を国史とは別の書物として流布させる事例は、平安中期以前にも少なからず確認できる。代表的なものを取り上げれば、斉明天皇五～七年（六五九～六一）の第四次遣唐使節に随行した伊吉博徳《いきのはかとこ》と難波男人《なにわのおひと》の記録(8)、壬申の乱に際して将来の天武天皇となる大海人皇子に舎人《とねり》として侍候した安斗智徳《あとのちとこ》・調淡海《つきのおうみ》・和珥部君手《わにべのきみて》それぞれの記録(9)、また留学僧として渡唐した円仁・円珍などの記録(10)を挙げることもできる。いずれも、記主の名前が伝わる数少ない古代の記録としてはよく知られているが、国史編纂の過程で消滅してしまうことを常とする一般の記録とは違って独立した書物として流布したことも注目すべきであろう。しかしながら、注意深く見ていくと、それらの記録でさえ国史編纂とは無関係のものだったわけではない。

『難波男人書』については、短文の逸文しか現存しないため断定は控えたいのだが、『伊吉博徳書』と国史編纂の関係は比較的容易に推定できよう。『伊吉博徳書』とはそもそも、朱鳥元年（六八六）の大津皇子謀反事件に座して処罰された伊吉博徳が、復権のために自らの経歴を振り返り、国家に対する貢献を顕彰しようと企てて著したものと従来言われている。それはその通りであろうが、森公章氏が指摘するように、『伊吉博徳書』の完成年代として有力視される持統朝とは、例えば持統天皇五年（六九一）八月十三日、十八氏に対して「其《そ》の祖等《おやたち》の墓記《ぼき》」（『日本書紀』）の進上を求めるなど、国史の編纂事業が着実に進んでいる時期でもあった。博徳が属する壱岐氏こそは前記詔勅の対象外だったものの、彼もその風潮に乗じて自らの功績を国史に遺そうと企画したのではないだろうか(11)。なお、坂本太郎氏は『伊吉博徳書』の成立年代についてより早い時期を想定しているが、国史への掲載をその記録の目的と認めている点では首肯できる(12)。

『安斗智徳日記』『調淡海日記』『和邇部君手記』などについては、『日本書紀』と別の書物として流布したことに何らかの事情があっただろうし、また成立年代に関しても、壬申の乱当時に書かれたものか、あるいは戦争が収まってから回顧して綴られたものか、そもそも議論となる点が多く残されている。とはいえ、天武天皇十年（六八一）三月十七日、帝紀・上古諸事の記定を求めるなどして、国史編纂への強い意欲を示した天武天皇の性格を考慮するならば、天武がそうした記録についても、自らの事績を国史に残そうと企画して元の舎人たちに提出させたと稿者は考えたい。ちなみに、『安斗智徳日記』『調連淡海日記』『和邇部臣君手記』の逸文と『日本書紀』の間に表現の一致が多いことから、それらが『日本書紀』の編纂に実際に用いられたということに関しては疑念を挟む余地がない(13)。

学僧の渡唐記についてだけは、教団内での先例としての利用や、帰朝後の政府からの査察に応えるための役割(14)が殊に目立つこともあり、国史編纂との関係が薄いように見受けられるが、細かく見れば実はそうでもない。周知のように、国史の編者たちは高僧の伝記を載せる方針を採用していたが、そうした伝記をまとめるに当たって留学僧の在唐記が重要な資料となったことは当然推測できよう。実際、円珍の『行歴記』が撰国史所へ提出された『円珍伝』の素材に用いられたことはほぼ確かである。延喜二年（九〇二）の秋、僧綱所が延暦寺宛に、十年前に入滅した円珍の家伝を作って国史所へ進上すべき旨の牒を発したが、それを受けた円珍の弟子たちが「和尚平生始終の事を委《くは》しく憶《おも》ひ（中略）和尚の手中遺文を引勘」し、寺院における討論を経てひとまずの原稿を台然に「筆授略記」せしめたと『円珍伝』の奥書に伝えられている。「和尚の手中遺文」の内容は明らかにされていないが、台然の原稿を引き受け、国史所提出用の円珍伝を著した三善清行が、在唐時の円珍の事績についていかに筆力を費やしているかを考えると、円珍の弟子たちが草稿を準備するに際して当然『行歴記』を参照していたと考えられよう。ちなみに、清行が『円珍伝』の末尾で、本書の成立に振り返って「今年和尚の遺弟子、相共《あひとも》に和尚平生の行事を録し、余《よ》をして其の伝を撰定せしむ、此《こ》れ亦《ま》た和尚の遺志なり」との一文を綴っていることに注目すべきである。それによると、円珍が自らの伝記を清行に書いてもらおうと生前願っていたことがわかるが、このように自らの伝記の著述者まで想定していた円珍が、渡唐時の彼の記録に関しても、それが将来自らの伝記、ひいては国史編纂の材料に用いられるという可能性を当時から意識していたと想像できよう。円仁の『入唐求法巡礼行記』や、現在散佚しているその他の在唐記については事情が不明のままであるが、最先端の教義と経典を日本に請来するという重責を負いながら渡唐した彼らは、自らの綴った在唐記についても、教団内での利用や政府の査察もさることながら、自己の功績を歴史書に刻み込むための手段として考えたのであろう。

二　記録の個別化、あるいは王朝記録文化の誕生

以上の議論をまとめれば、国史編纂を支える記録のネットワークが律令制の一部として導入されてから当分の間、記録という営みは国史編纂と深い関係を結んでおり、また修史機構からやや独立した立場に立って記録に携わった個人でさえ、結局のところ国史へ素材を提供するという目的のもとで記録を付けていたのである。それは言い換えれば、当時の日本がいまだ中国の記録文化の影響下にあったということに他ならない。しかしながら、九世紀末〜十世紀初頭を皮切りに事情が変わり始めた。当時、数多くの新しい記録が急激に現れたのだが、以下見ていくように、それらの記録は次第に国史編纂から独立していき、また貴族社会全般に点在する、自立した営みとしての記録の定着に貢献したのである。それらの記録は大別すれば三つの群に分けることができる。

まず一つ目は、天皇直属の官司群の中でとりわけ重要だった蔵人所と近衛府で行われた記録である。近衛府は天平神護元年（七六五）、蔵人所は弘仁元年（八一〇）頃に設置されたと見られ、それだけあって両司とも比較的早い段階から記録に取り組んでいたと考えられてきた。しかしながら、逸文の伝来状況や、宇多朝における天皇直属官の整備との関係から、「殿上日記」

「近衛陣日記」の開始年代としては寛平二年（八九〇）が有力視されるようになった[15]。

二つ目の分類として取り上げたいのは、貴人が自らの挙動あるいは自分のもとで行われた私的な催し物を、官制で定められた役職とは関係なく親しく仕える家臣に個別依頼して綴らせた記録である。この種類の記録として特に目立つのは、宇多天皇が側近の文人たちや伊勢、紀貫之などといった歌人に書かせた諸記録[16]であるが、天皇だけがそうした記録を依頼したわけではない。醍醐天皇の中宮・藤原温子の慶事を中心に描く『太后御記』のように、中宮・女御に仕える女房たちも主家の依頼を受けて記録に携わることもあった。また、事例は少ないものの、藤原時平が自らの主催した寛平三年（八九一）の法華会や、延喜元年（九〇〇）の大蔵善行七十算賀の有様を長谷雄に記録させるなど、藤氏の権門たちもそうした記録を家臣たちに対して発注する機会もあった。

ところが、九世紀末〜十世紀初頭に現れる新しい記録として最も注目すべきは、言うまでもなく三つ目の「私日記」である。ある個人が主体的に記録の営為に携わるという習慣は正確にいつ頃始まったのか定かではない。本康親王が元慶年間（八七七〜八八四）に記したとされる「私記」[17]が文献上の初見であるが、前述した記録がそうだったように、貴族社会における私日記の定着においても宇多天皇の影響力が大きかったらしい。『寛平御記』の現存逸文から判断すると、この日記は宇多天皇が即位から譲位にかけて、天皇の務めの実相とそれに対する自らの感想を細かく書き留めたものだったが、このように個人が参加した政務・儀式の類を自分との関わり方を中心に筆録するという習慣は、宇多天皇を起点として貴族社会に広まり始めた。寛平九年に父宇多から皇位を継承した醍醐天皇の、父の先例に倣う形で即位当日から書き起こした日記『延喜御記』は当然注目すべきであろうが、しばらく経つと公卿の間にも日記を付ける習慣が現れた。例えば、兄時平の死去を受けて藤原の氏長者となった忠平は少なくとも延喜七年（九〇七）から、左大臣良世の子で弁官・参議に任じられた藤原邦基は早くも同十九年（九一九）から日記を書いていた形跡が確認できる。その頃から個人的に日記を書き付ける習慣が皇族・貴族を問わず幅広く拡散していったことは周知の通りである。

右のことからすると、九世紀末から十世紀初頭に至るまでは、数多くの新しい記録が同時に現れてくる時期だったと言えるが、前稿で述べたように、そうした記録の中には、宇多天皇に主導される記録促進策の結果として生まれたものが多い。藤原氏の台頭に対して常に危機感を覚えた宇多天皇が、傍系から出た自己の正当性を確立させるという意味も込めて王権の強化に励んだことはよく知られているが、天皇の政治への主体的な関わり方を具現化するものとして自らの言動を詳細に伝える記録を数多く作らせた。また、宇多天皇が自ら書いた日記『寛平御記』については事情がやや不明であるが、天皇がそうした様々な記録の一部を国史へ掲載させようと企図したことも推測できる。例えば、長谷雄が昌泰元年（八九八）の鷹狩を筆録した

「競狩記」の中で「史臣」と自称すること、また道真が寛平五年（八九三）の詩宴の有様を伝える序文について「聊《いささ》か文章を借りて以《もっ》て史記に備《そな》ふ」と述べていることは、天皇の事績を伝えた記録と国史編纂との関係を示していると考える。(18)ところが、宇多天皇の当初の意図はともかく、彼によって創設された記録の多くが次世代へ受け継がれていくとともに、国史編纂との関係を希薄にしていき、公開性を前提とする国史とは正反対の流布形態を示すようになった。前に設けた三分類に従って順番に確認していきたいと思う。

まず一つ目としては、天皇の事績を間近に書き留め、人に知らせようという建前のもとで開始された殿上日記と衛府陣日記だが、両方とも宮廷で広く流布するどころか、早い段階から天皇の周辺に行われる行事・政務の先例を考勘する上での典拠として、関係者に限定して引見が許されたらしい。(19)過去に蔵人頭を経歴した人物が退任後も「殿上日記」を参照し得たというケースも確認できるが、(20)それは次の『小右記』（長和二年七月三日条）に伝えられる藤原頼祐のごとく、蔵人在任期間中に内裏から「殿上日記」を持ち出し、個人として書写を行った結果とおぼしい。

御読経中間御盆供事、無レ所レ見、可レ見二殿上日記一。彼日記在二蔵人頼祐許一、不レ能二引見一。諸史料で言及される殿上の「日記辛櫃」の存在が示唆するように、「殿上日記」は内裏に秘蔵されることを通例としたのであろう。また「陣日記」の場合は史料が少ないが、引見状況から考えるとこの記録も同様の処置を受けたかと思われる。

次に二つ目としては、貴人が個別に依頼した記録だが、それらも別の形ではあるが早い段階から修史事業から独立していく動態が看取されよう。その点では、「記」「序」などの既成ジャンルの形態を踏まえることが多かったそれらの記録が、一個の文学作品としての輪郭を持っていたということに注意しておく必要がある。「国史」の体裁に倣って編まれた『日本紀略』と『扶桑略記』などの私撰史書では、編者たちが紀長谷雄の「記」をはじめとして、そうした記録を略文もしくは取意文という形で組み入れていたが、同じ作品が同時に『菅家文草』『紀家集』『本朝文粋』などの集類では全文載録されたことに窺えるように、作品の首尾一貫性を尊重する流布の仕方こそが最も適合した処置として考えられたのであろう。ちなみに、そうした個別の作品としての独立性は、仮名文で綴られた記録の場合には一層明らかである。源高明が、原型が仮名文であったと思われる『太后御記』(21)を『西宮記』（巻十一・皇后養産事）で言及するに当たって記事の内容を漢文に要約しているという事例が示すように、和文の記録でさえも漢文脈で機能できたはずである。とはいえ、和文で書くこと自体はそれでもなお重要な意義を負っている。要するに、記主の位相は別としても、漢文記録とは違う読者層を狙い、また結果として生まれた作品を別の文脈の中で位置付けることが、依頼者の目論見だったのではないだろうか。その意味でも、国史編纂からの独立が自明であろう。

ところが、国史編纂からの独立性が最も顕著に見受けられるのは、いうまでもなく三つ目の私日記であろう。個人的に日記を書き付ける習慣の定着に貢献したと思われる宇多天皇は、どのような読者を想定して日記を書いたか不明であり、天皇としての事績を臣下に積極的に書き留めさせた彼は、もしかすると自らの日記についても国史編纂のための資料という役割を予想していたのかもしれない。しかしながら、『寛平御記』の場合にはひとつの可能性として想像し得る国史との関係性は、宇多の例に倣って日記を書き付けた次世代の皇族・貴族の日記においては一切見られない。殊更に言うまでもないが、平安時代の私日記とは、記主自身あるいはその子孫のための参考としての機能を持っていたため、原則として他見を禁じられたのである。例えば、堀井佳代子氏が極めて明快に論証したように、宇多から皇位を譲り受けた醍醐天皇の日記は当初内裏に秘蔵されており、天皇自身あるいはその代行を行う摂政に限って引見が可能であった(22)。また、内親王裳着の先例を含む日記の提出を求められた藤原実資が、『村上天皇御記』と祖父実頼の日記『清慎公記』に詳しく書いてあるものの「見せしむべからず」と言ってそれらを提出せず、代わりに手許にある公開性の高い「外記日記」を貸し与えた事例(23)が如実に物語るように、貴族たちが祖先から受け継いだ日記も厳格な秘蔵を前提としていたのである。このように秘匿された個人の日記が国史の編纂材料として書かれたとは到底考えられない。

以上見てきたように、十世紀初頭頃までに修史機構の内部へ収まってきた記録活動が、天皇直属官の記録、貴人の依頼により個別作成された記録、私日記の三者を媒介にして国史編纂から独立していったのだが、その結果としては比較的自由に行われる記録が急速に貴族社会に広まっていったと言える。もちろん、従来国史の主要材料に用いられてきた「外記日記」のように、国史編纂との関連を保った記録も依然として書かれていたが、前に述べた新しい記録形態の一般化はとりもなおさず、記録という営みを修史事業と密接に結び付ける中国の記録文化からの乖離を意味していたのである。その関係では、記録の個別化とも称し得るこの動きが進むにつれて、国史の編纂事業が連動する形で次第に衰微していったことは注目すべきであろう。周知のように、延喜元年（九〇一）に進呈された『日本三代実録』に続く国史を編纂すべく、朱雀・村上両朝を通して再三「撰国史所」の設置が命令されたが、それにもかかわらず編纂事業が順調には捗らず、結局実を結ばないまま途絶えてしまったのである。国史編纂のこの途絶の背後には、実は複雑な原因が絡み合っているため、それらについては別に考察する必要があるが、中国由来の記録文化の象徴ともいえる「国史」に代わって、史書編纂とは隔絶した、個人あるいは個別の役所、個別の人間関係に基づいた形の記録が一般化したことに、稿者は王朝独自の記録文化の誕生を認めておきたいと思う。

三 「日記」の独自性

前節で見たように、十世紀を通じて修史機構から独立し、個別の営みとして行われるようになった記録のあり方は、当時の中国には類を見ない、王朝独自の記録文化を産んだのではないかと考える。ちなみに、記録の実態において確認できる王朝記録文化のそうした独自性はまた別に、記録の個別化という動きと並行した形で用例を増してくる「日記」という語の上にも現れてくるかと思うため、蛇足ながら擱筆する前にその点に触れておきたい。玉井幸助氏がその大著『日記文学概説』（目黒書店、一九四五年）で明らかにしたように、平安時代における「日記という言葉は、必ずしも日を追うて毎日の事を記したもののみを指すのではな」く、一日の内に終わる事件の記録を含めて、日付とは関係なく記録全般を言っていたのである(24)。しかしながら、「日記」のそうした用法の由来を中国に求め、日中にわたる「日記」の連続性を強調する玉井氏の説には従えないところがある。実際、玉井説を受けて「日記」という語が中国からの借用語だとする見解は今もなお広く共有されているようだが、現存文献で分かる範囲ではこの見解を裏付ける資料が見当たらず、日本の「日記」とはむしろ、王朝記録文化の独自性を象徴するかのように、日本で造られた言葉らしい。以下、玉井説の批判から出発して「日記」の独自性を確認していきたい。

玉井氏が「日記」の出典として挙げる漢籍は、次の二点である。

・昔者、周舎事二趙簡子一。立二趙簡子之門一、三日三夜。簡子使二人出問レ之曰、「夫子将二何以令レ我」。周舎曰、「願為二諤々之臣一、墨レ筆操レ牘、随二君之後一、司二君之過一而書レ之。日有レ記也、月有レ効也、歳有レ得也」。（『新序』雑事一）

・夫文儒之力、過二於儒生一、況文吏乎。能挙レ賢薦レ士、世謂二之多力一也。然能挙レ賢薦レ士、上書日記也。能上書日記者文儒也。（『論衡』巻十三、効力篇）

『新序』は前漢の劉向、『論衡』は後漢の王充による作品で、両書とも古い時代に属するものと言わなければならない。ところが、森田兼吉氏が指摘しているように、いずれも「日記」の用例を含むものとは看做しがたい[25]。まず『新序』だが、玉井氏自身が認めているように熟語としての「日記」がここには見えず、「日に記有り」と訓ずべき表現となっている。のみならず、玉井氏がこの表現の意味に関して「日々に記録するところ有るをいふもので、つまり日記に外ならない」と解するのも、森田氏が示すように誤読である。この場面に出てくる周舎という人物は確かに趙簡子に仕えて彼の過ちを記録しようとは言っているが、中国古典新書『新序』（明徳出版社、一九七三年）の訳注者広常人世氏が「日に記有り」以下の箇所を「一日たてば記憶に残り、一月たてば効果があらわれ、一年たてば身につくでしょう」と訳するように、ここの「記」とは「記録」ではなく「記憶に残る」という程度の意である。その点では、『大漢和辞典』『漢語大詞典』などの辞書類が、玉井説の影響を受けたかどうかは詳らかでないが、氏と同じくこの箇所を「日記」の出典とするのはどう見ても誤りとせねばならない。次に『論衡』に眼を転じてみよう。現在も『論衡』の底本に用いられる明の通津草堂本（四部叢刊所収）には、確かに「日記」という本文が見えるが、この箇所について多くの注釈者が誤記を推定している。新釈漢文大系『論衡　中』（明治書院、一九七九年）の校異欄で言及される劉盼遂氏はここの「日記」を「占記」（＝口授の記述）と訂正し[26]、韓復智氏は「白記」（＝表文）と改める[27]など、復元の案に関しては見解が分かれているものの、「日記」のままでは意味が通じないという点では両氏が同意見である。

以上を要約すれば、玉井氏が「日記」の出典として挙げる漢籍は、いずれも「日記」の用例を含むものとは言えない。ところが、『新序』と『論衡』を調査の範囲から除けば、興味深い現象が見えてくる。古典本文のデータベース等で「日記」なる文字列を検索してみると、「〇年〇月〇日記」といった形のものや、「時に年七十五にして、尚《な》ほ千言を日に記すべし（尚可日記千言）」（『樊川文集』巻六所収「竇列女伝」）とある〈副詞＋動詞〉形のようなものは古くから見受けられるが、名詞としての「日記」が文献上に現れてくるのは宋代以降を待たねばならない。例えば、南宋の周煇が、注（6）で言及した『王安石日録』『司馬光日記』などの「政治日記」の隆盛に関して「元祐（＝一〇八六～九四）の諸公、皆《み》な日記有り」と評したのと、同じ南宋の陸游が、前述した黄庭堅の『宜州家乗』について「黄魯直に日記有り、之れを家乗と曰《い》ふ」と述べたのは、中国文献における「日記」の早い例に属するのである。一方、日本文献における「日記」の初見は、玉井氏自身が指摘したように、弘仁十二年（八二一）七月十三日付の次の太政官符である。(28)

右大臣宣、諸捺印并勘返之文、其参入外記之所レ知也。後有二可レ問事一、須レ問二其外記一。自レ今以後、令下載二其外記於日記一、又勘返之旨、着中于返文端上。

弘仁十二年七月十三日　少外記桑原公広田麻呂(29)奉

官印を捺した文書、また送り主に差し戻された書類のことは、当日出勤している外記の担当内容であるため、外記は後日顧問すべき場合に備えて自分の名前を「日記」に書き、また返還の理由を当該書類の端に綴るべきである、と言うのである。ここの「日記」とは、その後の資料で「外記日記」と呼ばれる記録と同一のものと考えられることもあり、名詞としての「日記」の用法であることは明らかである。「日記」の当初の用例を見ると、右の太政官符の他に『令集解』四例、『続日本紀』二例、『日本三代実録』三例という具合で、九世紀を通じて決して多くは見られないが、それにしても「日記」なる語が中国文献に現れるよりほぼ三百年前に、日本では確かに用例が見えるということになる。以上と同様の論法を用いながらも、データベース等の便もなく、主として玉井氏の提供した資料から考察を加えた森田氏は、「日記という語は中国でも古くはそう多くは使用されず、中国の日記の用法が即日本で利用されたというわけではなさそうである」と、慎重な態度をとっているが、より断定的な言い方が妥当なのではあるまいか。要するに、「日記」という語が今は散逸している朝鮮文献を通じて日本に伝わった可能性は完全に否定し切れないとしても、「日記」が日本で造られた言葉、すなわち和製漢語だった可能性は非常に高いと思う。

右の議論で明らかなように、「日記」という語は、稿者が王朝記録文化の誕生を位置付けてみた十世紀以前に造られた言葉である。そのゆえに、「日記」が中国との対立意識を込めて造られた言葉だったと言えば、さすがに言い過ぎであろう。それでもなお、中国に由来もなく、九世紀に通じて決して多用はされなかった「日記」という語が、十世紀以降における記録の個別化と連動した形で用例数を爆発的に増量させ、また中国に類を見ない付け方の記録の名称として一般化したことは、重要な意味を持つのであろう。意識的に為されたことではなかったにせよ、「日記」なる語が「記録」を指すその他の語彙を押しのけて広く用いられるようになったのは、王朝記録文化の独自性を象徴的に示してくれると思う。

終わりに

本稿で見たように、国史編纂とは関係なく個別の記録媒体としての「日記」に基盤を置いた、十世紀以降の貴族社会に現れた記録のあり方は、当時の中国には見られない、平安貴族独自の記録文化を産ませたと言わなければならず、またそうした記録文化の独自性は他ならぬ「日記」という語において現れるかと考える。さて、本考察の出発点となる「日記文学」に話を戻せば、国家の制約をあまり受けず、個人や個別の官庁、個別の人間関係を基盤にしたそうした比較的自由な記録の付け方こそが、個人への関心をさらに深めた「日記文学」の誕生に深く関係したのではないだろうか。周知のように、いわゆる「日記文学」の表現には和歌や物語などの文学領域からの関与が非常に深かったため、「日記文学」の発生というきわめて複雑な事象の契機をあまりにも単純化してはならないのだが、そうした様々な文学領域が自由に交流し得る環境を提供したのは、あくまでも「日記」だったのである。正史編纂こそが記録の至上の目的であるという観念を強く保持し続けた当時の中国において「日記文学」に類似するような表現形態がしばらく産まれなかったことは、「日記文学」における王朝記録文化の影響をさらに明確に示唆してくれるのだろう。

注

（1）宮崎荘平『女房日記の論理と構造』（笠間書院、一九九六年）

（2）吉野瑞恵「日記と日記文学の間―『蜻蛉日記』の誕生をめぐって―」（『王朝文学の生成―『源氏物語』の発想・「日記文学」の形態―』笠間書院、二〇一一年、初出二〇〇五年五月）

（3）拙稿「「男もすなる日記」再考―『土佐日記』と「競狩記」「宮滝御幸記」の関係をめぐって―」（『むらさき』第五十四輯、二〇一七年十二月）、「「女性仮託」の再検討―『土佐日記』におけるパロディーの精神に注目して―」（『東京大学国文学論集』第十四号、二〇一九年三月）

（4）吉野瑞恵「女が書くとき―日記文学研究の現況と課題―」（『國語と國文學』第九十五巻第五号、二〇一八年五月特集号）

（5）岡本不二明「宋代日記の成立とその背景―欧陽脩「于役志」と黄庭堅「宜州家乗」を手がかりに―」（『岡山大学文学部紀要』第十八号、一九九二年）参照。

（6）しかしながら、宋代の個人日記の中でも、平田茂樹氏（「宋代政治史料解析法―「時政記」と「日記」を手掛かりとして―」『東洋史研究』第五十九巻第四号、二〇〇一年三月）が「政治日記」として分類する『王安石日録』『司馬光日記』などの「日記」は「実録」等の編纂資料として用いられ、史書への掲載を念頭に綴られたものであったということに注意しておく必要があろう。

（7）日中の修史機構の比較については、池田温「中国の史書と続日本紀」（『東アジアの文化交流史』吉川弘文館、二〇〇二年、初出一九九二年）を参照されたい。

（8）『伊吉博徳書』は『日本書紀』斉明天皇五年（六五九）七月戊寅（三日）、同六年七月乙卯（十六日）、同七年五月丁巳（二十三日）各条の分註に計三箇所、『難波男人書』は同斉明天皇五年七月戊寅条の分註に『伊吉博徳書』に続いて一箇所引用される。『百済記』『高麗沙門道顕日本世記』などの既成書籍と同様に両書の書名が明記されていることからすると、直接本文に組み入れられることを常とするその他の編纂資料と違って『日本書紀』の編纂に先立って個別の書物として享受されたと考えてもよかろう。

（9）三個の記録とも『釈日本紀』巻十五所引の「私記」に引用されている。「私記」とは周知の通り、宮廷で行われた『日本書紀』の講書の覚書である。ここは何年度の「私記」か明記されていないが、田辺爵氏（「壬申の乱の筆録者」『文学』第二十一巻第十一号、一九五三年十一月）が論証したように、元慶二年（八七八）度の「日本書紀私記」である可能性が高い。

（10）円珍の『行歴記』は原本が現存せず、頼覚による永承四年（一〇四九）の抄出本『行歴抄』しか残ってはいないが、円仁の『入唐求法巡礼行記』と同様に天台の教団内で長い伝来を辿っていたと思われる。

（11）森公章「遣外使節と求法・巡礼僧の日記」（『成尋と参天台五臺山記の研究』吉川弘文館、二〇一三年、初出二〇一一年十月）

（12）坂本太郎「日本書紀と伊吉連博徳」（『日本古代史の基礎的研究』上巻、東京大学出版界、一九六四年、初出一九六〇年）

（13）直木孝次郎『壬申の乱』（増補版、塙書房、一九九二年）所収「補論　一　舎人の日記」

（14）注（11）掲森公章論文
（15）西本昌弘「『冊命皇后式』所引の「内裏式」と近衛陣日記」（『日本古代儀礼成立史の研究』塙書房、一九九七年、初出一九九二年）
（16）橘広相の「踏歌記」、菅原道真の「崇福寺綵錦宝幢記」「宮滝御幸記」、紀長谷雄の「雲林院行幸記」（仮題）「競狩記」「亭子院賜飲記」、「亭子院歌合」の冒頭に位置する伝伊勢の記録、紀貫之の「大堰川行幸和歌序」などは、漢文・和文の差はあるがいずれも宇多が主催となる行事の姿を伝えている。
（17）『本康親王私記』の逸文は、元慶六年正月一日（『九暦』天慶七年十月九日条所引）、同八年二月五日（同承平六年九月二十一日条所引）の二箇条しか伝来しない。
（18）拙稿「宇多天皇と記録—菅原道真・紀長谷雄の「記」を中心に—」（『國語と國文學』第九十五巻第八号、二〇一八年八月）
（19）両記を最もよく参照したのは、もちろん天皇をめぐる儀式に深く関与した現役の蔵人と衛府官たちだったが、節会などの際に内廷での諸事を取り仕切る大臣であった内弁も「陣日記」を参照し得た場合（『醍醐天皇御記』延喜三年二月十日条）もあり、また、天慶七年（九四四）四月十六日、大将を兼任する宣旨を賜った藤原実頼が慶賀を奏するか否かの件について関白忠平が「外記并びに殿上日記を勘ぜし」めたという事実（『小右記』長徳元年六月二十一日条所引『清慎公記』逸文）が示すように、関白も「殿上日記」の引勘を命じることが可能であった。
（20）正暦五年（九九四）から長徳二年（九九六）にかけて蔵人頭を務めた藤原斉信が、寛弘八年（一〇一一）の時点で殿上日記に先例を求めたことは『小右記』寛弘八年十二月十九日条にみえる。

(21) 石原昭平「太后御記の原形―はたして漢文体か―」（『国文学研究』第三十一号、一九六五年三月）

(22) 堀井佳代子『平安宮廷の日記の利用法―『醍醐天皇御記』をめぐって―』（臨川書店、二〇一七年）参照。十世紀末から以降、清涼殿の「日記御厨子」に鍵をかけて納められたはずの『醍醐天皇御記』と『村上天皇御記』が、宮廷社会においてそれなりに流布し始めたが、それは堀井氏が説得的に示唆するように、もともと蔵人を務めた者が、天皇の依頼あるいは許可を受けて「二代御記」を引見したついでに密かに書写を行って手許の『御記』を揃えた結果であろう。

(23) 『小右記』寛弘二年（一〇〇五）三月二十日条

(24) この玉井説に対して異論が出なかったわけではない。その中に、玉井氏の指摘した一日限りの「日記」を日次記からの抄出と看做し、「日記」が「毎日の記録」の意を持つとの伝統的な理解に立ち戻ろうとする森田兼吉氏の批判「日記の語義とその展開―日記と日記文学―」（『和泉式部日記論攷』笠間書院、一九七七年）が注目されよう。ところが、玉井氏の調査に漏れた単独記録としての「日記」の用例を『平安遺文』所収の古文書に求めた米田雄介氏の考察「日次記に非ざる「日記」について―『平安遺文』を中心に―」（高橋隆三先生喜寿記念論文集刊行会編『古記録の研究』続群書類従完成会、一九七〇年）が示したように、日次記の抄出とは到底考えられない単独の記録の「日記」が多数存在している。玉井説の有効性が改めて確認されたと言わねばならない。

(25) 森田兼吉「『論衡』と『新序』の日記」(『日記文学の成立と展開』笠間書院、一九九六年)

(26) 『論衡集解』(古籍出版社、一九五七年)

(27) 『論衡今註今訳』(国立編訳館、二〇〇五年)

(28) 「日記」を書名に持つそれ以前の記録としては、本稿第一節で言及した『安斗智徳日記』『調淡海日記』があるが、鈴木貞美氏が「「日記」および「日記文学」概念をめぐる覚書」(『日本研究』第四十四集、二〇一一年十月)で示唆するように、当該資料が当初から「日記」として流布したことは疑わしい。むしろそれを引く「私記」の作者が、どのような形態の記録をも一律に「日記」と呼ぶ当時の習わしを反映させて「日記」と命名した可能性が高い。

(29) 『類聚符宣抄』巻六・請印事

更級日記における長編物語的構造

高木和子

はじめに

更級日記は、菅原孝標女が少女時代から晩年までの事績や感慨を綴った体のものであり、源氏物語享受の早期の記録として重要な資料と見做されてきた。日記冒頭まもなく、少女だった孝標女が、父に連れられて上京するに際して物語を読みたいと願い、上京後は念願かなって源氏物語一揃えを手に入れて読んで感動し、夕顔や浮舟に憧れたことが記されるからである。夕顔はともかく浮舟への憧れは、もしそれが事実であるならば、菅原孝標が上総介としての任期を終えて上京した寛仁四（一〇二〇）年頃、すでに浮舟の物語ができていて、源氏物語が「五十余巻」だったことを証することになる。源氏物語の成立については、紫式部日記の寛弘五（一〇〇八）年十一月一日の「あなかしこ、このわたりに、わかむらさきやさぶらふ」が知られ、若紫巻もしくはその系列の物語が一定以上流布していたことがわかるのだが、それとあわせてこの更級日記冒頭の記事は、源氏物語がさほど時を経ずして今日に近い巻数の物語としてほぼ完結、流布していたことの外部徴証となる。

源氏物語の作者が紫式部であることについては、これまであったいくつかの異説には傍証が乏しいまま、通説となっている。(1) 源氏物語全体の統一感が揺るがせにできないためでもあるが、加えて、この更級日記の記述によって源氏物語が一〇二〇年ごろにはほぼ完成していたことが証され、それはちょうど紫式部の消息らしきものが寛仁三(一〇一九)年あたりまで確認できることと絶妙に符合しているという事情がある。

しかしながら、更級日記の記事はどれほど孝標女の経験的事実を写したものなのだろうか。おおかたの通説通りこの日記を孝標女の晩年からの回想の記録であるとした場合、回想の内実が少女時代の偽りのない事実であることは、いったいどのように保証されるのだろうか。孝標女は夜の寝覚や浜松中納言物語などの作者とも目される人物である。その真偽のほどは本稿の課題とはしないが、この日記には伊勢物語や源氏物語などの既存の物語への言及が明らかに頻出しており、それらは時として単なる修辞の域を超えて、現実を捉え直す一種の価値軸、いわば対象を切り取るフィルターともなっている。日記といえども物を記述する際には、なんらかの既存の「様式」に寄り添って記すということになろうか。経験的事実のうちから記述内容を取捨選択し、修辞を施すという意味で、このような日記の抱える叙述の偏向を「虚構性」と呼ぶこともできる。

こうした更級日記の源氏物語受容の時期についての疑義は、上洛の記は祐子内親王からの公的な要請による執筆との説(2)を受けて、土方洋一氏によっても呈されているが(3)、日記の公的性格に傾斜する氏の論考とは別に、本稿では、この日記中に明瞭な、あるいは潜伏した物語引用について、それがしばしば長編的な射程での日記の構築に関わっていることを、従来の諸説を踏まえつつ確認したい(4)。中でも特に春秋優劣論における虚構性について源氏物語引用の面からいささかの指摘を加えることで、更級日記が自らの身の上を叙述する際に、いかに既存の物語類を換骨奪胎して取り込んでいるか、その虚構の質を見極めるとともに、源氏物語受容の様相を確かめたいのである。

一　平安仮名日記文学における虚構性

さて更級日記について論じる前に、土佐日記、蜻蛉日記、紫式部日記、和泉式部日記などの平安仮名日記が総じて、筆者の経験の記録として読むにはそれぞれ問題を孕んでいることについてはすでに論じたことがあるが、一応簡単に触れておきたい(5)。これらを「日記」というジャンルで一括りするのが妥当かどうかも定かでなく、虚構の質もそれぞれに異なっており、そこには、和歌ではなく仮名散文を通して、自己の生を記載する際の、格闘の歴史が認められる。

土佐日記の場合、「男もすなる日記といふものを、女もしてみむとてするなり」と女を偽装した冒頭からして虚構性を孕んでいることは明らかだが、一方で、男子官人らしい諧謔や和歌批評など、紀貫之ならではの洒脱さもうかがえる。たとえば、

ある人々、折節につけて、漢詩ども、時に似つかはしきいふ。また、ある人々、西国なれど甲斐歌などいふ。「かくうたふに、船屋形の塵も散り、空行く雲も漂ひぬ」とぞいふなる」（十二月二十七日条）

などと、「西国」なのに「甲斐歌」だと洒落ると同時に、「魯人虞《ぐ》公、声ヲ発スレバ清哀、遠ク梁塵ヲ動カス」（『文選』成公子安「嘯賦」李善注所引、劉向『別録』）、「響キハ行雲ヲ遏《とど》ム」（『列子』湯問篇）を踏まえた男の句を、「なり」で推量するにせよ叙述する、といった具合である。「黒崎の松原を経て行く。ところの名は黒く、松の色は青く、磯の波は雪のごとくに、貝の色は蘇芳に、五色にいま一色ぞ足らぬ」（二月一日条）と、黒・青・白・赤では五色には黄が足りないと、地名「黒崎」の「黒」まで数えるところなど、ここでの風景が写実的なものではなく、言葉遊びを優先させた仮想の風景であることは疑いない。

蜻蛉日記は私家集的とも評され、上巻は兼家集、下巻は道綱集の体でもある。(6)しかし上巻冒

頭に「人にもあらぬ身の上まで書き日記して、めづらしきさまにもありなむ、天下の人の品高きやと問はむためしにもせよかし」（序）とあって、道綱母が等身大の自己の生を書き記そうとした意図もまた否定しがたい。仮に自己の生を記す目的であっても、既存の文芸の様式に寄り添う形でしか筆を進められなかったとも考えられる。散文が長大化するのは、単に兼家との関係の危機の時期に贈答歌が少なかったからではなかろう。上巻では町の小路の女の出産、病床の兼家を見舞う折、初瀬詣の道中など、中巻では鳴滝籠りほか全般に散文が目立ち、それらは往々にして感情の昂ぶりと連動している。上巻はおおむね中巻半ば以降の時点からの回想的な執筆とみるのが通説だが、回想の記録であってでさえ、感情の昂揚と叙述の様式が連動するところが注目できる。

紫式部日記は、彰子の敦成親王出産の記録を核とした女房日記であるが、記録類との内容の齟齬も知られており、筆者の取捨選択が垣間見える。また和泉式部日記は、多くの写本が「和泉式部物語」との題を持つように、「宮」「女」の呼称で一貫して叙される歌物語の体であり、日時に記録との齟齬があること、それらが四季の風物や節句などの折の意識を重んじた結果といえることもまた、よく指摘されるところである(7)。

そもそも仮名で散文を書くことには、想像以上の困難があったのではなかろうか。竹取物語や落窪物語のように予定調和的な骨格をもつ「物語」ならばともかく、「日記」という時系列的な体をとりながらも、日ごとの内容や分量に制約もない中で、何をどれだけ選び取り叙述するか、その選別の自由は、時に不自由でさえあったのだろう。古代の人々にとって何かを制作することは常に、様式の踏襲なのである。いきおい、和歌を核とする屏風歌なり私家集なりといった既存の文芸の様式に寄り添いながら、和歌だけでは表出し得ない事柄や感慨を記す方法を切り拓いたことになる。

「日記」が抱える事実との齟齬は、時にしばしば記憶違いや恣意的な捏造といった偶然や無意識の産物として理解される。もとよりその可能性も否定できないが、その根底には、書き手の内なる思考の様式に寄り添った記憶の再構築があることは見過ごすべきではない。蜻蛉日記では私家集が、和泉式部日記では歌物語が、「日記」という時系列的な配列の内にある、もう一つの様式なのだとすれば、更級日記が抱える様式は明らかに「物語」だといえよう。

更級日記に夢の叙述が多いことはよく知られているが、その先蹤は蜻蛉日記に認められる。蜻蛉日記下巻、石山参籠の折に見知った法師が、「いぬる五日の夜の夢に、御袖に月と日とを受けたまひて、月をば足の下に踏み、日をば胸にあてて抱きたまふとなむ、見てはべる」（天禄三年二月十七日）というのを、別人の身の上として占わせたところ、朝廷を意のままにするのだと占われて他言を制した話や、女房らしき人の「この殿の御門を四脚になすをこそ見しか」との夢、道綱母自身の「右のかたの足のうらに、大臣門といふ文字を、ふと書きつくれば、驚きて引き入ると見し」、いずれも大臣公卿の出る夢と占われて、兼忠女腹の兼家女を養女にする展開が導かれる。蜻蛉日記には、このような示唆的な夢と占いが記され、源氏物語における藤壺との不義の子誕生や明石一族の栄華にまつわる夢告や予言といった物語と通底する枠組みを抱えつつ、夢はあくまで夢であり、現実の栄華は実現しない。更級日記にたびたび登場する夢告は、物語にしばしば見える、死者や神など異界の者からの伝達の常套であると同時に、孝標女が道綱母の姪であることを勘案すれば、孝標女が蜻蛉日記を実見した可能性も低くはなく、直接的な影響も考えられる。(8) 更級日記にとって蜻蛉日記の夢は、「物語」の様式を「日記」に取り込みつつ、物語さながらとはおよそ言い難い現実を照射するという、方法的先蹤だったとも考えられるのである。

二　更級日記の物語引用と長編構造

周知の通り、更級日記の随所には、源氏物語をはじめとする物語に対する、筆者の希求が綴られる。これらからは、源氏物語等の物語の享受の実態が明らかになると同時に、更級日記のいわば長編物語的構造が透けて見える。更級日記冒頭には、

あづま路の道のはてよりも、なほ奥つ方に生ひ出でたる人、いかばかりかはあやしかりけ

むを、いかに思ひはじめけることにか、A世の中に物語といふもののあんなるを、Bいかで見ばやと思ひつつ、つれづれなるひるま、宵居などに、C姉、継母などやうの人々の、Dその物語、かの物語、光源氏のあるやうなど、ところどころ語るを聞くに、Eいとどゆかしさまされど、わが思ふままに、Fそらにいかでかおぼえ語らむ。いみじくG心もとなきままに、H等身の薬師仏を造りて、手洗ひなどして、人まにみそかに入りつつ、「京にとく上げたまひて、物語の多くさぶらふなる、あるかぎり見せたまへ」と身を捨てて額をつき祈り申すほどに、……　（二七九頁）

と、物語を読みたいと願う少女の逸る気持ちが記されている。「世の中に物語といふもののあんなるを、いかで見ばや」「ところどころ語るを聞く」とあるから、物語の冊子は目前にはないままに、いくつかの物語の要所を聞いた様子である。しかし、「そらにいかでかおぼえ語らむ」と、記憶して語れるほど正確ではなかったとある。注目すべきは、「物語」に接する行為が、「見ばや」「語るを聞く」「おぼえ語らむ」と多様な動詞で示されることであろう。「その物語、かの物語」とは源氏物語の一部や諸巻を独立的な物語と解した可能性もあるが、薬師仏を造って「物語の多くさぶらふなる、あるかぎり見せたまへ」と懇願したところからすれば、やはり源氏物語以外を含む複数の物語と理解するのが穏当だろう。

上京後まもなく、ａｂ「物語もとめて見せよ、物語もとめて見せよ」（二九四頁）と母にせがみ、三条宮に仕える親戚である衛門の命婦に頼んで「御前のをおろしたるとて、わざとめでたき冊子ども、硯の筥の蓋に入れておこせたり」（二九五頁）と貴人の冊子を借り受けて夢中になり、「夜昼これを見るよりうちはじめ、またまたも見まほしきに、ありもつかぬ都のほとりに、たれかは物語もとめ見する人のあらむ」と他の物語を見たいと切望するが、物語の入手は容易ではない。その中で、継母との別れ、侍従大納言の娘の死に心ふさぐ孝標女に、母が「物語などもとめて見せたまふ」（二九七頁）ので心慰むものの、「紫のゆかりを見て、つづきの見まほしくおぼゆれど、人かたらひなどもえせず。たれもいまだ都なれぬほどにてえ見つけず」と、ようやく手にした源氏物語も一端に過ぎない。もっとも、紫の上関連の物語の総称か、若紫巻一巻（新大系注）かは不明にせよ、「紫のゆかり」の呼称がみられる点では、この叙述は貴重である。そして、「この源氏の物語、一の巻よりしてみな見せたまへ」と、源氏物語の通読を祈念していたところ、上京した「をばなる人」から一式を入手する。

　d源氏の五十余巻、櫃に入りながら、在中将、とほぎみ、せり河、しらら、あさうづなどいふ物語ども、一ふくろとり入れて、得てかへる心地のうれしさぞいみじきや。はしるはしるわづかに見つつ、g心も得ず心もとなく思ふ源氏を、一の巻よりして、人もまじらず、几帳のうちにうち臥して引き出でつつ見る心地、后の位も何にかはせむ。昼は日ぐらし、夜は目のさめたるかぎり、灯を近くともして、これを見るよりほかのことなければ、fおのづからなどは、そらにおぼえ浮かぶを、いみじきことに思ふに、夢にｈいと清げなる僧の、黄なる地の袈裟着たるが来て、「法華経五の巻をとく習へ」といふと見れど、人にも語らず、習はむとも思ひかけず。物語のことをのみ心にしめて、われはこのごろわろきぞかし、さかりにならば、かたちもかぎりなくよく、髪もいみじく長くなりなむ。光の源氏の夕顔、宇治の大将の浮舟の女君のやうにこそあらめと思ひける心、まづいとはかなくあさまし。

（二九八〜九頁）

「源氏の五十余巻」「在中将、とほぎみ、せり河、しらら、あさうづなどいふ物語ども」と複数の散逸物語の名とともに、源氏物語が「五十余巻」とされるのは、これもまた貴重な証言である。(9)「はしるはしる」の意は、「とびとびに」（新編全集注）か、借りた本だから急いで（新大系注）なのか不明にせよ、一人で黙読し、「そらにおぼえ浮かぶ」と暗誦したと見える。このように更級日記には、貴人からの冊子の借り受け、「見る」「語る」「おぼゆ」といった享受の形態が明らかにされる点も興味深く、同時にまた先述の通り、一〇二〇年頃の宇治十帖までの成立を証するのだとすれば、貴重な証言である。

しかし実はこの、鄙の地で源氏物語に憧れ、上京して一端を読み、様々の苦難の末にようやく全編を手に入れるといった経緯自体、まるで物語であるかのように展開している上に、これらの場面の表現は、語彙や話題の展開まで含めて、日記冒頭の叙述と見事に照応しており、(10)作為性が濃厚なのである。冒頭の場面が、A「世の中に物語といふもののあんなる」と話に聞いたものをB「いかで見ばや」と願い、C「姉、継母などやうの人々」が、D「その物語、かの物語、光源氏のあるやうなど」を語るのを聞き、E「いとどゆかしさ」と思い、F「そらにいかでかおぼえ語らむ」と嘆き、G「心もとなき」思いでH「等身の薬師仏」に額づいた。これをなぞるように、上京後は、ａｂ「物語もとめて見せよ」と母にせがみ、ｃ継母との別れを経て、ｄ「源氏の五十余巻、櫃に入りながら、在中将、とほぎみ、せり河、しらら、あさうづなどいふ物語ども」を手に入れ、ｇ「心も得ず心もとなく思ふ源氏」に耽溺し、ｆ「おのづからなどは、そらにおぼえ浮かぶ」までになり、夢にｈ「いと清げなる僧」が登場する、という具合だからである。

冒頭場面と帰京後の場面の表現や展開が顕著に照応しているところには、この日記の巧みな構築力が感じられる。そして何より、いまだ物語を「見る」ことすらできなかったという日記内の記述が事実であるならば、東国育ちの十三歳の少女がまだ見ぬ物語を希求して上京する旅の風景を、古今集や伊勢物語の歌枕を介して観察すること自体、不可能なことである。(11) 更級日記の叙述は、少女の上京の旅の途上の素朴な観察の記録からはかけ離れて、古歌や物語をわがものとして縦横無尽に使いこなせるようになった成熟後の、回想の記録であることを自ら吐露しているといえよう。

東国からの上京の旅は、上総から下総、武蔵へと歩を進め、竹芝伝説を写し、足柄山で遊女に会い、富士川の伝承に興じ、三河では八橋の不在を嘆く。この道行は時に「くろとの浜といふ所にとまる。かたつ方はひろ山なる所の、砂子はるばると白きに、松原茂りて、月いみじう明きに」などと、「黒戸」「白」に「松」の緑に「明き」の「赤」と色を配しており、前掲の土佐日記の叙述とも近似するのだが、何よりも伊勢物語の東下りを意識しつつも逆行する旅程であることはほぼ疑いない。(12)「あすだ川といふ、在五中将の「いざこと問はむ」と詠みける渡りなり」(二八六頁)、「八橋は名のみして、橋のかたもなく、なにの見どころもなし」(二九二頁)などといった明瞭な伊勢物語九段引用が見られるほか、旅の初めの竹芝伝説は、男が女を盗む逃亡譚であって、伊勢物語で東下りの発端となった六段、二条后を盗んだ話のパロディであろう。更級日記の写し出す竹芝伝説が、逃亡後に男女が生き永らえて竹芝の地の始祖伝承をなすのは、鄙の側の論理と評され、実在したことが証明されたところだが、(13)同時に、皇女側からの誘い掛けによる逃亡、女自身の判断で当地に残る積極性は、女の自立の物語であるという意味で、先行物語に対するフェミニズム批評の要素を兼ね備えており、孝標女の女性としての自我の眼覚めを感じさせるのである。だとすれば、この竹芝伝説自体、聞書さながらというよりは、孝標女による潤色の可能性は否定できない。

源氏物語との関係も枚挙に暇がない。「宵居」は若菜上巻女三宮降嫁後三日目の夜の紫の上の場面にみえる語であり（角川文庫注）、武蔵国で「浜も砂子白くなどもなく、泥《こひぢ》のやうにて、むらさき生ふと聞く野も、蘆荻のみ高く生ひて〜」（二八三頁）とあるところは、「紫のひとともとゆゑに武蔵野の草はみながらあはれとぞ見る」（古今集・雑上・八六七・よみ人知らず）を踏まえ、伊勢物語四一段や紫の上の物語を連想させる。なにより、泥の意の「こひぢ」は六条御息所歌「袖ぬるるこひぢとかつは知りながら下り立つ田子のみづからぞうき」（葵巻②三五頁）に見える特異語である。「宵居」「こひぢ」のような特殊な語彙は、源氏物語の影響を強く示唆していよう。

より長編的な射程を抱えるのはたとえば、上京後の叙述に見える「継母なりし人」との関係である。これは、継母と継娘の不仲を題材とした継子物語を反転させ、文化的な共感を強調した関係、たとえば源氏物語の紫の上と明石の姫君との関係の焼き直しとも見える。物語にうつつを抜かす筆者に対して、夢に現れた黄色の袈裟を着た「清げなる僧」が「法華経五の巻をとく習へ」（二九八頁）と告げるのも、それ自体が女人成仏的な発想だから、紫の上や浮舟の物語の影響下にある。「侍従大納言の御むすめ」（三〇一頁）の化身である「猫」は、柏木の女三宮の猫愛玩を思わせ、猫が夢に現れて自らの正体を告げる趣向は、柏木没後の夢枕や六条御息所の生霊などを連想させて、実に物語的であると同時に、いくぶん長編的な射程を持った引用といえよう。

東国で生活を共にした継母との切ない別れ、侍従大納言の娘の死、その生まれ変わりの猫の出現、長恨歌を踏まえた七夕の和歌の贈答、蜻蛉巻を思わせる「荻の葉」の贈答[14]、邸の焼失と猫の死、そして姉の死と哀傷へといった叙述は、本来無関係ともいえる出来事を不幸の予感からその現実化という一連の脈絡の中に据えて畳みかけるように展開させたものである。その間に事実とは齟齬する日時設定が見えるのは[15]、この日記が、うち続く不幸の脈絡を緊密なものにするために弄したいくばくかの虚構であり、この日記の書き手による、自己の経験の物語的な再構築だといえよう。姉の死後の、「形見にとまりたる幼き人々を左右に臥せたるに、あれたる板屋のひまより月のもり来て、児の顔にあたりたるが、いとゆゆしうおぼゆれば」（三〇五頁）と夕顔巻八月十五夜を思わせる月の漏れ入る様子や、亡き姉が求めていた「かばねたづぬる宮といふ物語」が寄越されることなど、不吉な文脈を重ねるという意味では、企まれた虚構とさえ見えるところである[16]。

更級日記における物語引用は、ごく断片的な修辞にとどまる場合もある一方で、より長編的な射程を持つものもある。自己の人生を回想的に叙述する際のフィルターとして、長編物語の手法を複合的に借用したものといえよう。

三　更級日記の源氏物語理解の深度

このような更級日記における物語引用の姿勢を勘案した上で、源氏物語の成立についての証言足り得るかどうかを吟味したい。更級日記の一連の源氏物語への言及、とりわけ浮舟への傾斜は、源氏物語の成立後間もない時点での享受史上の最も早い証言として貴重であるが、この日記の執筆の時点が孝標女の成熟期、十一世紀の半ば近くまで下ると目されることを勘案すれば、浮舟への心の傾斜がどの時点の孝標女の心情であるかは、さほど単純には判断できない。

そもそもなぜ孝標女は、紫の上、六条御息所、朧月夜、大君などにではなく、夕顔や浮舟に関心を寄せるのだろうか。夕顔は頭中将との愛人関係の破綻ののち光源氏と関わってはかなく没しており、浮舟は薫に囲われながら匂宮と通じ、入水に失敗して出家する。いずれも二人の男と関わった幸い薄い女として、今日の研究でも類縁性が指摘されることが多い。夕顔は三位中将の娘、浮舟は八宮の娘であるから本来の素姓は孝標女よりも格段に高貴なのだが、夕顔が頭中将の正妻から圧迫を受けた結果、娘の玉鬘が乳母の一家とともに筑紫に下ることや、浮舟が母中将の君の再婚相手とともに常陸に下ることなど、流離する女の物語であり、いずれも継親子関係にまつわる苦労の物語である。孝標女自身も継母と別れを惜しむ一方、自身もまた早逝した姉の子を母親代わりとなって育てているほか、父や夫の地方赴任に身近に接している。

日記の冒頭「あづま路の道の果てよりも、なほ奥つ方に生ひ出でたる人〜」は、しばしば指摘されるように、「あづま路の道のはてなる常陸帯のかごとばかりもあひ見てしかな」（古今六帖・五・三三六〇）の引用だと考えれば、常陸国ということになるから、菅原孝標は上総介であった事実とは齟齬する。誤認もしくは、より奥深い地に育ったことの強調とも評される中で、浮舟が母中将の君の夫の常陸介とともに常陸で育ったことを踏まえているとの指摘は妥当であろう。(17)のみならず、長元五（一〇三二）年、晩年の孝標が常陸国に下ったことをも踏まえた改変とも考えられ、(18)だとすればこの日記は、自己の人生を大局的に俯瞰できるようになった後半生に、いささか自己の人生を物語仕立ての虚実皮膜のうちに叙述したことを暗示するのである。

この浮舟への思い入れは、後年の初瀬詣の折に、「紫の物語に宇治の宮のむすめどものことあるを、いかなる所なれば、そこにしも住ませたるならむとゆかしく思ひし所ぞかし。げにをかしき所かなと思ひつつ、からうじて渡りて、殿の御領所の宇治殿を入りて見るにも、浮舟の女君の、かかる所にやありけむなど、まづ思ひ出でらる」（三四三頁）などと、宇治を実見した折に源氏物語の舞台として宇治が選び取られた感慨にも表れており、更級日記全編にわたる、長く通底する課題となっているのである。(19)

さらに、更級日記の源氏物語引用の最大の山場は、宮仕えの中での源資通との応酬である。

「時にしたがひ見ることには、春霞おもしろく、空ものどかに霞み、月のおもてもいと明うもあらず、遠う流るるやうに見えたるに……」（三三四頁）とはじまる春秋の優劣を競う論議は、万葉集額田王の歌以来見られるもので、源氏物語薄雲巻末で光源氏が斎宮女御を相手に繰り広げるものだが、ここではむしろ朝顔巻末、

「時々につけても、人の心をうつすめる花紅葉の盛りよりも、冬の夜の澄める月に雪の光りあひたる空こそ、あやしう色なきものの身にしみて、この世の外のことまで思ひ流され、おもしろさもあはれさも残らぬをりなれ、すさまじき例に言ひおきけむ人の心浅さよ」

（②四九〇頁）

と、光源氏が紫の上を相手に、冬の夜の月と雪の光合う景を賞美する場面が連想される。[20] 資通が春の月を「遠う流るるやうに見えたる」と評するところは、源氏物語の「この世の外のことまで思ひ流され」を微妙に想起させる。なぜなら、続く資通の体験談が、

冬の夜の月は、昔よりすさまじきもののためしにひかれてはべりけるに、またいと寒くなどしてことに見られざりしを、斎宮の御裳着の勅使にて下りしに、暁に上らむとて、日ごろ降りつみたる雪に月のいと明きに、旅の空とさへ思へば、心ぼそくおぼゆるに～

（三三六頁）

と、「冬の夜の雪降れる夜」に共感を寄せており、朝顔巻の風景の引用が明らかだからである。

さらに続く資通の話は、朝顔巻末の情景を踏まえているほか、

円融院の御世より参りたりける人の、いといみじく神さび、古めいたるけはひの、いとよしふかく、昔のふるごとどもいひ出で、うち泣きなどして、よう調べたる琵琶の御琴をさし出でられたりし…
（三三六〜七頁）

と、「円融院の御世より参りたりける人」で「いといみじく神さび、古めいたる」人が琵琶を差し出すところなどは、朝顔巻頭の朝顔前斎院を訪ねた光源氏が、桐壺院の姉妹である女五宮や、そこに身を寄せた源典侍と再会する物語を彷彿とさせるのである。

この資通の語る老女は「円融院の御世より参りたりける人」とあるから、円融・花山・一条・三条・後一条と五代にわたって仕えたことになる。一方、紅葉賀巻で登場する源典侍は琵琶の名手であり、一説には桐壺巻で桐壺帝に藤壺を紹介した、「三代の宮仕」（①四二頁）をしたという「典侍」と同一人物とも目されており、だとすれば、朝顔巻頭の時点では五代の帝の治世を生き永らえたことになる。薄雲・朝顔巻は、光源氏が深く思慕した藤壺の死と哀傷を語る物語であって、そこでの女五宮と源典侍の突然の登場は、桐壺巻以来の桐壺帝と藤壺の因縁に関わる老女だったからだと理解できるのだが、その朝顔巻の場面を踏まえたと思しい資通の話が、伊勢斎宮への勅使として語られるところには、伊勢物語の中核をなす六九段の密会を踏まえた藤壺の物語、その後日談としての薄雲・朝顔巻という、光源氏の物語の根幹をなす伊勢

るのである。

物語引用を踏まえた、源氏物語の複合的で長編的な物語展開が、実に巧みに換骨奪胎されてい

このように、資通との春秋優劣論議、そして斎宮の裳着の勅使としての資通の体験談は、その構成や表現において、源氏物語薄雲・朝顔巻を引用していることは明らかであり、かつそれは単なる修辞の次元にとどまるものではなく、源氏物語の作中世界を高度に咀嚼して精巧である。こうした源氏物語による経験の潤色が、資通、孝標女いずれによるものなのか、あるいは両者の対話の中で自然に醸成されたものなのかの判別は難しく、いずれにせよ資通と孝標女らとの単純な会話の記録ではなく、筆録の際の潤色が十分に想定できる。資通との対話がこの日記中の大きな山場になるほどの重みを帯びるとすれば、この高度な源氏物語理解はある程度、資通と孝標女との間に共有されたもので、それゆえに資通との関係は特筆に値したと考えることもできる。一方、「あさみどり」の歌が新古今集においては「祐子内親王藤壺に住み侍りけるに、女房、上人など、さるべきかぎり物語して、春秋のあはれいづれにか心ひくなど争ひ侍りけるに、人々多く秋に心を寄せ侍りければ」（春上・五六）と、祐子内親王のもとでの女房達や殿上人との春秋優劣論としての詞書を抱えており、むしろこちらの方が信憑性が高いことを勘案すれば(21)、資通とのやり取り自体がそもそも幻想的な虚構だった可能性も捨てきれない。

孝標女と資通との関係の内実は定かでないが、ほとんど叙述の対象にならない夫橘俊通との

生活の一方で、源資通との関係を心動かされた何事かであった、もしくはそうであるかのように仮構したのだとすれば、ここにも、二人の男に心揺れる浮舟の影は付きまとう。東山で歌を詠みかわした「しづくににごる人」（三〇九頁）は同性とも異性とも諸説あるにせよ、この浮舟への共感から逆算した場合、資通との関係とは質は意にするもののやはり、恋愛の一つという理解が促されるのではなかろうか。更級日記の叙述には、物語への希求にせよ夢告にせよ、同種の話を繰り返しながら、次第に盛り上げていく傾向があるからである。だとすれば、更級日記における浮舟引用の射程は、表層の形以上に深々と全編にわたっている蓋然性が高いだろう。

四　夢による長編構造

更級日記の抱える長編構造は何よりも、日記巻末近く、夫の信濃守赴任を「親のをりよりたちかへりつつ見しあづま路よりは近きやうに聞こゆれば」（三五五頁）が、日記冒頭の「あづま路の道のはてよりも、なほ奥つ方」と明瞭に照応しているところに認められる。さらには、数々の夢託の顛末が、夫の死に際して、

九月二十五日よりわづらひ出でて、十月五日に夢のやうに見ないて、思ふ心地、世の中にまたたぐひあることともおぼえず。初瀬に鏡奉りしに、臥しまろび泣きたる影の見えけむ

は、これにこそはありけれ。うれしげなりけむ影は、来しかたもなかりき。（三五六頁）

と、夢託が幸運に関しては実現せず、不幸の場合のみが実現するのを嘆く顛末にも認められる。この日記には、夫との結婚生活の詳細はほとんど叙されないものの、こうした悲嘆の末尾によって、夫の喪失がいかに大きな空虚と悔恨をもたらしたかを照らし出している。

昔より、よしなき物語、歌のことをのみ心にしめで、夜昼思ひて、おこなひをせましかば、いとかかる夢の世をば見ずもやあらまし。初瀬にて前のたび、「稲荷より賜ふしるしの杉よ」とて投げ出でられしを、出でしままに、稲荷に詣でたらましかば、かからずやあらまし。年ごろ、「天照御神を念じたてまつれ」と見ゆる夢は、人の御乳母して、内裏わたりにあり、みかど、后の御かげにかくるべきさまをのみ、夢ときも合はせしかども、そのことは一つかなはでやみぬ。ただ悲しげなりと見し鏡の影のみたがはぬ、あはれに心憂し。

（三五七頁）

と悔恨は複数の「あらまし」で叙述される。これらは「「法華経五の巻をとく習へ」といふと見れど、人にも語らず、習はむとも思ひもかけず。物語のことをのみ心にしめて～」（二九八～九九頁）、「すは、稲荷より賜はるしるしの杉よ」（三四五頁）、「天照御神を念じませ」（三〇〇頁）との夢告や「天照御神を念じ申せ」（三二一頁）とあったことに照応しており[22]、ここでも明確な長編物語的構造が認められる。

更級日記における数々の「夢」が、後の自身の運命の予兆となるという展開は、物語や説話に常套的な、夢告とその実現／非実現の枠組みに寄り添った、自己の人生の再構築である。ここで問題なのは、物語の場合の予定調和的構造は、早い時点で物語の長編的な構想があったことを暗示するのに対して、日記の場合には基本的には事実の記録であることが建前であるために、もし日記において長編的構造が確かに認められるならば、記録の内実を一通りすでに経験し終えた時点で、回想によって再構築され叙述されたからにほかならないことであろう。物語にうつつを抜かす少女に夢の内で僧侶が「法華経五の巻をとく習へ」（二九八頁）と告げ、「天照御神を念じませ」（三〇〇頁）と告げ、初瀬の夢告に「臥しまろび泣き嘆きたる影」（三二一頁）が映っていたという、少女時代からの夢告の数々が、すべて捏造だとは言うまい。また逆に少女時代からの日常の経験を書き留めた原型がなかったのだとも言うまい。しかしながら、それらがこの日記に叙すべき事柄として選び取られたという限りにおいて、日記末尾の不幸な顛末と、日記全編にわたるそれへの予感は、それらがすべて経験されたのち、夫の死後にこの日記が回想的に書かれたものであることを証し立てていると考えるのは、ごく自然な理解だといえよう。

このように更級日記は、単に菅原孝標女の経験的事実を記したものではなく、伊勢物語や源氏物語という既存の物語の枠組みに寄り添い、その物語展開や構成、場面描写や情趣を引き受け、いささか長編物語的に再構築された可能性が濃厚である。女を盗む逃亡譚における女の自立、浮舟にまつわる引用、春秋優劣論と冬の月賞賛、源典侍の物語への理解など、更級日記中では聞書として取り込まれている挿話のうちにも、日記の筆者の潤色もしくは創作の要素が混じりこんでいると考えられる。そもそも聞書とは、源氏物語帚木巻の雨夜の品定め、大鏡、無名草子などに見られるような、物語の生成の場なのである。

更級日記の叙述が、単純な意味での経験の記録でないことを念頭に置き、むしろ全編を貫くしたたかな長編的な構想力を勘案するならば、少女時代に源氏物語に憧れ、その「五十余巻」を手に入れた喜びにむさぼり読んだという叙述が、果たして本当に少女時代の経験的事実といえるかどうか、少なくともやみくもな妄信は慎まねばならないであろう。

注

（1）帚木三帖あたりに原源氏物語を想定する説や、匂宮三帖や宇治十帖に別人作者を想定する説など。

（2）久保木秀夫「『更級日記』上洛の記の一背景―同時代における名所題の流行―」（『更級日記の新研究―孝標女の世界を考える』新典社、二〇〇四年）、福家俊幸『更級日記全注釈』（角川学芸出版、二〇一五年）

（3）土方洋一「中宮彰子文化圏と『更級日記』」（『藤原彰子の文化圏と文学世界』武蔵野書院、二〇一八年）
（4）更級日記における源氏物語を中心とする先行物語の引用については、和田律子『藤原頼道の文化世界と更級日記』（新典社、二〇〇八年）、福家俊幸「文学史上の『更級日記』」（『更級日記の新世界』武蔵野書院、二〇一六年）に整理されている。
（5）高木和子「仮名日記文学における物語性―事実と虚構の相克」（初出二〇一一年一月、『源氏物語再考　長編化の方法と物語の深化』岩波書店、二〇一七年）
（6）今西祐一郎「歌・家集・蜻蛉日記」（『新日本古典文学大系　土佐日記　蜻蛉日記　紫式部日記　更級日記』一九八九年、岩波書店）
（7）近藤みゆき訳注『和泉式部日記』（角川文庫、二〇〇三年）
（8）更級日記における蜻蛉日記の影響については、伊藤守幸『更級日記研究』（新典社、一九九五年）など。
（9）「五十四巻」ではないと解するのが通説。
（10）西田禎元「『更級日記』の構成」（『更級日記・讃岐典侍日記・成尋阿闍梨母集』勉誠社、一九九〇年）、伊藤守幸「孝標女の作家的視点をめぐって」（初出一九九九年六月、『更級日記の遠近法』新典社、二〇一四年）
（11）三角洋一「孝標女とことば」（『ミメーシス』六、一九七五年十一月）、秋山虔「解説」（『新潮日本古典集成　更級日記』新潮社、一九八〇年）、久保木注2論文など。
（12）高野晴代「『更級日記』の「上洛の記」―『伊勢物語』東下りとの比較を通して―」（『更

級日記の新世界』注４書）

(13) 益田勝実『説話文学と絵巻』（三一書房、一九六〇年）

(14) 木村正中「日記文学の方法と展開」（『論集日記文学』笠間書院、一九九一年）

(15) 新編全集頭注。高木和子注５論文。

(16) 小谷野純一『更級日記への視界』（新典社、二〇一〇年）

(17) 犬養廉「解説」（『新編日本古典文学全集　和泉式部日記　紫式部日記　更級日記　讃岐典侍日記』小学館、一九九四年）、原岡文子訳注『更級日記』（角川文庫、二〇〇三年）

(18) 福家俊幸『更級日記全注釈』（注２書）は、深澤徹『都市空間と文学―藤原明衡と菅原孝標女―』（新典社、二〇〇八年）を踏まえつつ、「常陸」を孝標女の女房名とする。

(19) 和田律子「『更級日記』の冒頭部―執筆の意図―」（初出一九九八年七月、注４書）は浮舟物語との密接な関係を論じる。

(20) 中嶋朋恵「春秋優劣論と冬の月」（『東京成徳短期大学紀要』一九八四年三月）

(21) 注３土方論文。

(22) 更級日記の夢についての論考は多いが、その虚構性を論じたものとしては、たとえば今関敏子「『更級日記』作品空間と夢―虚構と存在把握―」（『更級日記の新研究―孝標女の世界を考える』注２書）など。

あとがき

藤原克己先生は、二〇一二年度の大学院の演習で蜻蛉日記を取り上げておられた。定年までの六年間、平安日記文学を順に読むおつもりだったらしい。だがわずか一年間、蜻蛉日記上巻を半ばまで読んだ後、二〇一三年四月に私が着任した折に、演習を譲ってしまわれた。藤原先生とその薫陶を受けた若者たちに温かく迎えられ、何かと力不足な私はあらゆる場面で助けられた。

藤原先生の定年までの五年間、藤原先生の平安漢文の演習と、私の源氏物語その他の和文の演習と、二つの演習で共に学んだ世代の院生たちは、総じて国際色豊かであり、国内の地方出身者も多く、それぞれが異なる経歴を持ち、その場で巡り合ったことが不思議な偶然としか思えないような仲間たちだった。専門分野も多様で、全員が書いたものを並べれば平安文学の大半を覆うことができるのではないかと思うことも、しばしばあった。万事に不勉強な私にとっては、至福の学びの時間だった。

二〇一八年三月、藤原克己先生は東京大学大学院人文社会系研究科教授をご退任になった。それと相前後して若者たちも、あるいは世界各地へと旅立ち、あるいは国内各地に赴任した。今度はいつ皆で会えるのだろうか、せめて本の中で一堂に会し、あの空気をいくらかでも世に伝えられたらという思いから、本書を編むことにした。

平安文学は、日本の古典文学研究の中でも今なお関心の高い分野である。その一方で源氏物語研究が典型的であるように、戦後の研究史を通じて大方の中心的な課題は論じ尽くされ、ただ新しい見解を求めるだけでは、些末主義か領域横断的にならざるを得ない状況にある。もとよりそれを通して新しい知見を得ることも少なくはない。だが、まず本文と虚心に向き合い、同時代の類例を調べながら辿り着く無理のない解釈を大切にすることが、何よりの基本である。その結果がすでに通説であるならば、通説を容認するしかない。妥当な通説を反復しながら微細な修正を施しつつ、きちんと後代に継承すること――古典文学研究とは本来、そのようなじつに地味な仕事なのである。

これまでの通説を「当たり前過ぎて、もう論文にならない」と忌避し続ければ、ただこれまでの学問の膨大な蓄積を失ってしまう結果になりかねない。若い世代には、重厚な平安文学研究の蓄積を新鮮な気持ちで学び直し、微細な修正しかできないことを恐れず、次の世代に継承するという大切な役割を果たしてほしい。それが「新たなる平安文学研究」の形であってほしいと私は願う。

研究に教育に校務に忙殺される毎日の中で序文をくださった藤原克己先生、原稿を寄せてくれた若い仲間たち、ここに原稿はないけれども共に学んだ多くの仲間たち、そして、本書を作るにあたって本当に数々のわがままを聞き入れてくださった青簡舎の大貫祥子社長に、心から厚く御礼申し上げる。

二〇一九年八月

高木和子

執筆者紹介

藤原克己（ふじわら　かつみ）
一九五三年生まれ
東京大学名誉教授　武蔵野大学文学部特任教授
東京大学卒、東京大学大学院博士課程退学
博士（文学）
専門分野　平安朝漢文学、源氏物語
主要業績　・『菅原道真と平安朝漢文学』（東京大学出版会、二〇〇一年）、『菅原道真　詩人の運命』（ウェッジ選書、二〇〇二年）、『改訂新版　日本の古典―古代編』（放送大学教育振興会、二〇〇九年、共著）

廖　栄発（りょう　えいはつ）
一九八八年生まれ
中国厦門大学外文学院助理教授
福建師範大学卒、北京外国語大学北京日本学研究センター修士課程修了、東京大学大学院博士課程修了
博士（文学）
専門分野　平安文学、漢文学、田氏家集
主要業績　「紀長谷雄の「詩言志」の宣言　―「延喜以後詩序」を読み直す―」（『和漢比較文学』二〇一六年二月）、「島田忠臣の不遇と「大隠」」（『国語国文』二〇一七年十一月）、「「詩臣」としての島田忠臣」（『国語と国文学』二〇一八年三月）

宋　晗（そう　かん）
一九八七年生まれ
フェリス女学院大学文学部助教
上海外国語大学卒、東京大学大学院修了
博士（文学）
専門分野　平安朝漢文学
主要業績　「「梅花歌序」表現論」（『国語国文』第88巻9号、二〇一九年九月）、「隠棲後の兼明親王の文学―孤高と閑適―」（『和漢比較文学』第55号、二〇一五年）、「菅原道真「書斎記」試

論―閑居文学の変奏―」（『国語と国文学』第92巻4号、二〇一五年四月）

田中智子（たなか　ともこ）
一九八八年生まれ
四国大学文学部助教
東京大学卒、東京大学大学院博士課程単位取得満期退学
専門分野　平安文学、和歌文学、古今和歌六帖
主要業績　「曾禰好忠の「つらね歌」」（『和歌文学研究』111、二〇一五年一二月）、「古今和歌六帖「雑思」の配列構造―古今和歌集恋部との比較を中心に―」（『中古文学』一〇一、二〇一八年六月）、「古今和歌六帖の物名歌―三代集時代の物名歌をめぐって―」（『国語と国文学』95-9、二〇一八年九月）

山口一樹（やまぐち　かずき）
一九九一年生まれ
東京大学大学院人文社会系研究科博士課程大学院生
早稲田大学卒、東京大学大学院修士課程修了修士（文学）
専門分野　平安文学、物語文学、源氏物語
主要業績　「『源氏物語』における後見の依託―遺言の物語の型について―」（『東京大学国文学論集』第12号、東京大学国文学研究室、二〇一七年三月）、「玉鬘の尚侍出仕における「公」」（『国語と国文学』第95巻第9号、東京大学国語国文学会、二〇一八年八月）、「玉鬘の物語における女房集め」（『中古文学』第103号、中古文学会、二〇一九年五月）

北原圭一郎（きたはら　けいいちろう）
一九九一年生まれ
香川大学教育学部専任講師
東京大学卒、東京大学大学院単位取得満期退学修士（文学）
専門分野　日本古典文学、平安文学、『源氏物語』

主要業績　「六条御息所「袖ぬるる」と光源氏「浅みにや」の贈答歌―『源氏物語』の贈答歌と人物描写の方法をめぐって―」（『和歌文学研究』115号、二〇一七年一二月）、「『紫式部集』後半部の恋の贈答歌群についての試論」（『むらさき』54輯、二〇一七年一二月）、「『古今集』『後撰集』の贈答歌の方法―贈答歌採録基準の差異を中心に―」（『国語と国文学』第96巻第10号、二〇一九年一〇月）

井内健太（いのうち　けんた）
一九八八年生まれ
金沢学院大学文学部専任講師
東京大学卒、東京大学大学院修了
修士（文学）
専門分野　平安文学、物語文学、源氏物語
主要業績　「『源氏物語』須磨・明石巻の天変」（『国語と国文学』第95巻2号　二〇一八年二月）、「『源氏物語』花宴の史実と虚構―「探韻」を中心に」（『むらさき』第53巻　二〇一六年一二月）、「『源氏物語』藤壺の密通における「心の鬼」について」（『国語と国文学』第93巻8号　二〇一六年八月）

林　悠子（はやし　ゆうこ）
一九八二年生まれ
東京大学大学院人文社会系研究科特任研究員
日本女子大学卒、東京大学大学院修了
博士（文学）
専門分野　平安文学、源氏物語
主要業績　「浮舟物語の時間試論」（『文学』隔月刊第16号第1号、岩波書店、二〇一五年、一月）、「大君物語の服喪と哀傷」（『国語国文』通巻978号、京都大学文学部国語学国文学研究室編、臨川書店、二〇一五年、二月）、（「『源氏物語』の「年ごろ」と「月ごろ」」（原岡文子・河添房江編『源氏物語　煌めくことばの世界Ⅱ』翰林書房、二〇一八年）

Antonin Ferré（アントナン・フェレ）
一九八九年生まれ
東京大学大学院人文社会系研究科、プリンストン大学大学院東アジア研究科博士課程在学中
フランス国立東洋言語文化学院（INALCO）日本学科卒、同日本研究科修士課程修了、東京大学大学院人文社会系研究科研究生、同修士課程修了
専門分野　平安文学、日記文学、古記録
主要業績　「「男もすなる日記」再考―『土佐日記』と「競狩記」「宮滝御幸記」の関係をめぐって―」（『むらさき』第54輯、二〇一七年十二月）、「宇多天皇と記録―菅原道真・紀長谷雄の「記」を中心に―」（『國語と國文學』第95巻第8号、二〇一八年八月）、「「女性仮託」の再検討―『土佐日記』におけるパロディーの精神に注目して―」（『東京大学国文学論集』第14号、二〇一九年三月）

高木和子（たかぎ　かずこ）
一九六四年生まれ
東京大学大学院人文社会系研究科教授
東京大学卒、東京大学大学院修了
博士（文学）
専門分野　平安文学、物語文学、源氏物語
主要業績　『源氏物語の思考』（風間書房、二〇〇二年）、『女から詠む歌　源氏物語の贈答歌』（青簡舎、二〇〇八年）、『源氏物語再考　長編化の方法と物語の深化』（岩波書店、二〇一七年）

新たなる平安文学研究

二〇一九年一〇月一〇日　初版第一刷発行

監　修　藤原克己
編　者　高木和子
発行者　大貫祥子
発行所　株式会社青簡舎
〒一〇一-〇〇五一
東京都千代田区神田神保町二-一四
電話　〇三-五二一三-四八八一
振替　〇〇一七〇-九-四六五四五二
装　幀　水橋真奈美（ヒロ工房）
印刷・製本　藤原印刷株式会社

ISBN978-4-909181-21-3 C3093